Ullstein Krimi

Ullstein Krimi
Lektorat: Georg Schmidt
Ullstein Buch Nr. 10494
im Verlag Ullstein GmbH,
Frankfurt/M – Berlin
Titel der amerikanischen
Originalausgabe:
Walk a Black Wind
Neuauflage des Ullstein Krimi 1498
Umschlaggestaltung & Fotorealisation:
Welfhard Kraiker & Karin Szekessy

Printed in Germany 1987
Druck & Verarbeitung:
Ebner Ulm
ISBN 3 548 10494 0

Dezember 1987

Vom selben Autor
in der Reihe der
Ullstein Bücher:

Freak (10259)

CIP-Kurztitelaufnahme
der Deutschen Bibliothek

Collins, Michael:
Tochter des schwarzen Windes: Detektivroman / Michael Collins. Übers. von
Martin Lewitt. – Neuaufl. d. Ullstein
Krimi 1498. – Frankfurt/M; Berlin:
Ullstein, 1987.
(Ullstein-Buch; Nr. 10494:
Ullstein-Krimi)
Einheitssacht.: Walk a black wind <dt.>
ISBN 3-548-10494-0
NE: GT

Michael Collins

Tochter des schwarzen Windes

Detektivroman

Übersetzt von Martin Lewitt

ein Ullstein Buch

Für Deidre

1

Gefahren, Angst, was ist das? Die meisten von uns kommen ihr Leben lang nicht damit in Berührung. Für uns ist ein Tag nahezu wie der andere, nie passiert etwas besonders Schlimmes. Und im großen ganzen sind wir zufrieden, auch wenn uns dieses Dasein manchmal fade vorkommt. Aber ein paar von uns bleiben von Angst, Schrecken und Gefahr nicht verschont. Und jeder muß dann auf seine Weise damit fertig werden.

Manche werden schon früh im Leben mit nackter Gewalt und höchster Gefahr konfrontiert. Sie arrangieren sich mit diesem Zustand und schließen einen Pakt mit dem Furchtbaren. Fortan kann ihnen nichts mehr etwas anhaben, geschweige denn Ängste einjagen. Das sind die Mächtigen unter den Menschen, Heilige und Ungeheuer. Wieder andere gehen in der Gefahr unter, werden gleich beim erstenmal vernichtet. Entweder physisch oder seelisch, und wenn sie weiterleben, vegetieren sie nur als leere Hülle. Beides sind Minderheiten. Die meisten schließen weder einen Pakt mit der Gefahr, noch lassen sie sich vernichten. Sie überleben irgendwie und bannen die Erinnerung so gut es geht. Bis zum nächstenmal.

Der Mann, der an jenem Donnerstag in meinem kärglichen Büro auftauchte, hatte seinen Teil an Gefahren, Angst und Schrecken erlebt, das war klar. Er kam an einem Donnerstag, Ende Oktober.

»Vor zwei Wochen lernte ich ein Mädchen kennen«, berichtete er schlicht. »Das Mädchen ist tot, Mr. Fortune, ermordet. Ich will, daß Sie den Mörder finden.«

Er hatte ungefähr meine Größe, etwa einen Meter achtzig, war breitschultrig und stabil gebaut und trug einen solide aussehenden Geschäftsanzug mit blauem Nadelstreifen, dazu einen marineblauen Mantel. Sein Gesicht, leicht olivfarben, verriet spanische Herkunft. Er war glatt rasiert, die Züge wiesen tiefe Furchen auf, aber trotzdem hatte er ein irgendwie jugendliches Aussehen bewahrt. Ich schätzte ihn auf ungefähr fünfundvierzig. Er saß auf meinem einzigen Besucherstuhl, hielt den blauen Hut in der Hand. Das Haar war dicht, kraus und dunkelbraun, ohne jeden Streifen Grau. Der Hut wirkte seltsam altmodisch. Auf meinem alten Schreibtisch lag seine Visitenkarte, sie erklärte auch den Hut: John F. Andera, Handelsvertreter, Marvel Büroausstattungen. Vertreter gehören zu den wenigen Leuten, die immer noch kaum ohne Hut anzutreffen sind.

»Wie standen Sie zu dem Mädchen, Mr. Andera?« erkundigte ich mich.

Seine Augen waren von einem eigenartigen Blau, der Blick schien wolkig, als stünde der Mann unter Schock. Er sah aus wie jemand, der eben von einem Zug überrollt wurde und noch nicht begriffen hat, was ihm widerfuhr.

»Eine Freundin«, antwortete er. »Ich hatte sie sehr gern, ich – machte mir gewisse Hoffnungen.«

Er sprach mit etwas schwerfälligen Lippen, vorsichtig, die Betonung wie einstudiert. Ich entdeckte die Spur eines fremdartigen Akzents.

»Wie lautete Ihr Name früher?« fragte ich. »Mein Großvater hieß Fortunowski, als er hier an Land ging. Manchmal kommt mir das viel schöner vor.«

Ich brachte ihn nicht zum Lächeln. »Anderoparte. Meine Familie kommt aus Korsika. Mein Vater änderte den Namen aus Geschäftsgründen. Übernehmen Sie den Job?«

»Ich weiß noch nicht genug darüber. Also, Sie kannten das Mädchen erst seit zwei Wochen?«

Er sah sich in meinem schäbigen Ein-Fenster-Raum um. Es hatte den grandiosen Ausblick auf einen Lichtschacht. So einer, dachte er wohl, so einer überlegt sich's zweimal, bevor er einen Job annimmt? Das Büro, mein schlecht geschnittener Anzug, der fehlende Arm, alles das sah nicht gerade nach Wohlstand aus. Nein, Andera hatte erwartet, ich würde mich geradezu ausgehungert auf jede Arbeit stürzen. Aber er verkniff sich den Kommentar. Statt dessen nahm er zwei Zeitungsausschnitte aus der Tasche und reichte sie mir.

Beide waren aus der *New York Times*, der erste vom Vortag, aus der Mittwoch-Spätausgabe. Einspaltig, kaum drei Zentimeter hoch, Seite neun:

Frau ermordet aufgefunden

Fran Martin, wohnhaft Haus Nummer 280, 84. Straße Ost Manhattan, ist heute morgen um 8.30 Uhr von ihrer Putzhilfe tot aufgefunden worden. Sie war in ihrem Bett erstochen worden. Wie die Polizei mitteilt, starb das Opfer letzte Nacht nach Mitternacht. Für den brutalen Mord fehlt bislang jedes Motiv. Fran Martin arbeitete als Kellnerin in einer Cocktail-Bar, dem *Emerald Room* an der 66. Straße Ost. Die Polizei setzt die Ermittlungen fort.

Der zweite Ausschnitt war wesentlich ausführlicher und trug das Datum vom Tage, Donnerstag. Diesmal hatte die *Times* die Story schon auf Seite zwei gebracht:

Mordopfer identifiziert:
Tochter eines Bürgermeisters aus der Provinz

Der Polizei ist es gelungen, das Mordopfer aus dem Hause Nummer 280, 84. Straße Ost, zu identifizieren. Bei dem attraktiven jungen Mädchen handelt es sich um Francesca Crawford, Tochter von Bürgermeister Martin J. Crawford aus Dresden im Staat New York.

Bei seinem Eintreffen im *Plaza Hotel* erklärte das Oberhaupt der aufstrebenden Provinzstadt, er könne sich kein Motiv für den Mord an seiner Tochter denken; weder er noch seine Frau sähen sich imstande, Licht in das Dunkel dieser Tragödie zu bringen.

Bürgermeister Crawford teilte mit, seine Tochter habe vor drei Monaten die elterliche Wohnung verlassen und seitdem keinerlei Kontakt zu der Familie gehabt. Er konnte keine Erklärung dafür geben, warum seine Tochter unter falschem Namen in Manhattan lebte. Der Bürgermeister und seine Frau haben einstweilen im *Plaza Hotel* Quartier genommen.

Die Identifizierung gelang der Polizei durch die Mitbewohnerin des Apartments, Miss Celia Bazer, die zur Zeit der Tragödie zu Besuch bei Freunden auf Long Island weilte. Miss Bazer wird zur Zeit verhört, aber die Polizei betont, sie verfügte noch über keine konkreten Hinweise.

Miss Crawford, zunächst als »Fran Martin« identifiziert, war erstochen in ihrem Bett aufgefunden worden, als . . .

Der Rest war die Wiederholung vom Vortag, wortreicher, aber ohne neue Fakten. Ich gab Andera die Ausschnitte zurück.

»Irgendeine Ahnung, warum sie umgebracht wurde?«

»Nein, absolut nicht«, erwiderte er. »Heute vor zwei Wochen, auf einer Party, lernte ich Fran kennen. Sie war allein dort. Ich lud sie nachher zum Essen ein. Sie gefiel mir. Wir gingen dann noch zweimal zusammen aus. Sie kam mir viel älter vor, als sie in Wirklichkeit war. Viel reifer.«

»Wie alt war sie?«

»Zwanzig, Mr. Fortune. Gerade zwanzig. Diese Woche mußte ich ein paar Tage geschäftlich weg. Mittwoch kam ich zurück, ich hatte eine Verabredung mit Fran. Sie tauchte im Restaurant nicht auf. Ich war wütend, darum hab' ich sie nicht angerufen. Heute sah ich den Bericht in der Zeitung, die zweite Story.« Seine Hände zitterten. »Es war gar nicht ihr richtiger Name. Jetzt ist sie tot. Ich hatte gehofft ... Na ja, daß wir ...« Er unterbrach sich.

»Können Sie beweisen, daß Sie nicht in der Stadt waren?«

»Ja, natürlich.« Er hatte die Frage erwartet und nahm die Antwort für die nächste vorweg. »Ich bin weder verheiratet, noch gibt es in meinem Leben eifersüchtige Frauen. Ob Fran andere Männer hatte, weiß ich nicht. Ich weiß überhaupt nichts. Deswegen brauche ich Sie ja. Ich zahle gut.«

»Für ein Mädchen, das Sie kaum kannten?«

»Wie lange muß man eine Frau kennen, um zu wissen, daß man sie mag? Ich hab' sie sehr gemocht. Tausend Dollar zahle ich Ihnen im voraus, dann nochmals tausend, wenn Sie den Mörder überführen.«

Die Stimme klang immer noch fest, doch er wirkte wie ein Mensch, der innerlich verblutet. Tief innen zermarterte er sich für ein Mädchen, das es nicht einmal für nötig befunden hatte, ihm seinen richtigen Namen zu sagen. Aber das ist wohl nicht weiter ungewöhnlich in der schnellebigen New Yorker Welt.

»Das ist eine Menge Geld«, erklärte ich. »Dafür könnten Sie eine große Detektei anheuern. Die Polizei arbeitet im allgemeinen auch ganz gut.«

»Die Polizei ist überlastet. Und ich will nicht, daß Fran in die Computer einer Superdetektei gefüttert wird. Was ich brauche, ist ein Mann, der für Francesca arbeitet. Ich will etwas unternehmen!«

»Trotzdem, eine Menge Geld.«

»Stimmt. Weil ich will, daß Sie den Job übernehmen. Und weil mein Name herausgehalten werden soll. Ich kann nicht in die Sache verwickelt werden.« Er machte keine Umschweife. Entweder war er naiv oder ein viel härterer Bursche, als sein Aussehen verriet.

»Auch nicht, obwohl Sie beweisen können, daß Sie nicht in der Stadt waren?«

»Mit Verdacht und Schuldfrage hat das nichts zu tun. Es geht mir darum: ein junges Mädchen, ich als Handelsvertreter, kurze Bekanntschaft, Sie verstehen schon.«

In der Tat. Für die Zeitungen, seine Kollegen in der Firma wäre das ein gefundenes Fressen. Es gibt nichts Schöneres als Schmutz.

»Also gut«, willigte ich ein. »Aber bei einem Mordfall muß ich mit der Polizei zusammenarbeiten. Wenn ich Sie da nicht heraushalten kann, gebe ich Ihnen vorher Bescheid.«

Andera überlegte einen Moment, nickte und stand auf. Er nahm zehn Hundert-Dollar-Scheine aus seiner Brieftasche. Neue Scheine; er hatte sich auf der Bank für diesen Besuch präpariert.

»Ich werde Ihre Berichte hier entgegennehmen«, kündigte er an.

Als er gegangen war, lehnte ich mich in meinem Stuhl zurück und ließ mir die Sache durch den Kopf gehen. Was er mir gezahlt hatte, war ich nicht wert, auf keinem Markt. Und ich wollte wetten, er wußte das auch. War das sein Preis dafür, daß ich einen Fall übernahm, an den ich nicht ganz glauben konnte? Schon möglich. Entweder war dann seine Geschichte unwahr, oder er hatte Angst, ich könnte sie dafür halten.

Es gab nur einen Weg, das herauszubekommen: die Sache anzupacken. Und schließlich hatte ich jederzeit Verwendung für zweitausend Dollar. Ich rief in der Centre Street an. Dort erfuhr ich, der Fall sei Captain Gazzo übergeben worden. Logisch – die Tochter eines Bürgermeisters. Gazzo willigte ein, sich mit mir zu treffen: im gerichtsmedizinischen Institut am East River.

2

In der herbstlichen Nachmittagssonne lief ich quer durch die City. Ein scharfer Oktoberwind blies geradewegs durch meinen alten Dufflecoat; es hatte die ganze Woche viel Wind gegeben, und alle Leute liefen gebeugt über die Straßen.

Captain Gazzo wartete im Keller auf mich. Er stand an einer der Nischen im Obduktionsraum. Die Tote war keine Schönheit gewesen, aber ihr Gesicht strahlte sogar jetzt noch große Lebendigkeit aus. Das lange dunkle Haar umrahmte ein Gesicht mit hohen, stark ausgebildeten Backenknochen, die Nase stand scharf hervor, die dunkelbraunen Augen waren leicht orientalisch geformt. Sie trug keine Spur von Make-up. Das ließ sie älter erscheinen.

Gazzo starrte sie an. »Ich kenne Mord in allen Schattierungen, aber an die Jungen kann ich mich nie gewöhnen. Vor allem die Mädchen.«

»Sagen Sie das mal den Frauenrechtlerinnen«, erwiderte ich. »Noch was außer der Messerwunde?«

»Nein, das ist alles. Ein Stich, mitten durchs Herz. Sie ist nicht einmal aufgewacht. Sonst ist nur noch das hier auffällig.«

Er schob das lange Haar des Mädchens zur Seite. Eine breite, fast acht Zentimeter lange Narbe zog sich von der Unterseite des rechten Ohrs bis fast zum Kinn. Eine häßliche, purpurrote Narbe, wie die Furche eines Projektils.

»Die ist alt«, erläuterte Gazzo. »Muß damals etwa drei Jahre gewesen sein, meint der Polizeiarzt. Sie trug das Haar zurückgebunden, so daß jeder die Narbe sehen konnte, sagt die Zimmergenossin. Hat sie richtiggehend zur Schau gestellt; merkwürdig, nicht wahr?«

Die Narbe machte das breite Gesicht härter und älter.

»Sonst noch wichtige Details im Obduktionsbericht?« fragte ich.

»Nein. Gesundes Kind, keine schlechten Angewohnheiten, keine Anzeichen für Geschlechtsverkehr in letzter Zeit. Viel im Freien gewesen, meint der Arzt. Die Haut sonnengebräunt, rauh vom Wind.«

»Können wir uns in Ihrem Büro unterhalten?« fragte ich ihn.

Ich wollte da 'raus, hatte genug. Auch mir machen die jungen Opfer zu schaffen. Gewöhnlich sind es die ganz Schwachen oder die ganz Starken, die in jungen Jahren so enden. Zu welchem Typ hatte wohl dieses Mädchen gehört?

Captain Gazzos Büro habe ich nie anders als bei künstlichem Licht erlebt; die Jalousien sind stets fest geschlossen. Das paßt besser zu seiner Arbeit, meint er.

»Wie sind Sie in die Sache hineingeraten, Dan?«

»Ich kannte das Mädchen flüchtig«, log ich.

Im allgemeinen bin ich ein guter Lügner, ich habe das oft üben müssen, aber es gehört zu Gazzos Aufgaben, herauszufinden, wann jemand von der Wahrheit abweicht. Das ist ein Grund, warum ich möglichst mit der Polizei zusammenarbeite. Ich brauche sie mehr als sie mich, und je öfter ich ihnen die Karten auf den Tisch lege, desto größer ist die Chance, daß sie es nicht merken, wenn ich einmal mit der Wahrheit hinter dem Berg halte. In diesem Fall war ich davon überzeugt, daß John Anderas Alibi stimmte. Wenn die Polizei ihm auf die Spur kam, brauchte er nur die Wahrheit zu sagen und sich aus der Sache herauszuhalten.

»Wieder so ein Sozialfall?« erkundigte sich Gazzo. »Wovon leben Sie eigentlich?«

»Von sehr wenig. Was kann ich von Ihnen erfahren, Captain?«

»Nicht viel. Sie lag im Bett, wurde mit einem langen dünnen Messer erstochen. Nur ein Stich. Wenn jemand weiß, wie man an den Knochen vorbeikommt, geht solch ein Messer wie eine heiße Nadel durch Butter. Eine sehr wirksame Waffe, und der Mörder wußte, wie man sie handhabt.«

»Dienstag um Mitternacht?«

»Plus oder minus eine Stunde. Niemand hat das geringste gehört oder gesehen, obwohl die Leute nebenan wach waren.«

»Wie ist der Mörder hineingekommen?«

»Keine Hinweise. Das Apartment liegt im obersten Stock. Keine Feuerleiter, nichts auf dem Dach. An der Wohnungstür war die Sicherheitskette geschlossen. Ein Fenster stand offen. Eine riskante Geschichte, aber er muß vom Dach heruntergeklettert sein, und zwar ohne Leine. Ein Experte – oder ein Amateur mit Glück. In der ganzen Wohnung nichts, was nicht dem Mädchen oder der Zimmergenossin gehört hätte. Sehr saubere Arbeit.«

»Worauf stützen Sie die Ermittlungen?«

Gazzo zuckte die Schultern. »Auf reine Theorie, Dan, das ist so gut wie alles. Ein Dutzendmord, wie er jeden Tag vorkommt. Sie ist erst vor drei Wochen dort eingezogen. Ihrer Wohngenossin hat sie nie etwas erzählt, nicht einmal den Grund für den falschen Namen. War nicht oft zu Hause, wenn, dann meistens allein. Wir überprüfen, was sie in letzter Zeit getan hat, aber bis jetzt ohne großen Erfolg. Scheint eine Einzelgängerin gewesen zu sein.«

»Sie benutzte einen falschen Namen, zog aber zu einem Mädchen, das sie kannte. Ist das nicht merkwürdig?«

»Kann sein. Einstweilen beschränken wir uns auf Routineuntersuchungen. Ein paar Schubladen standen offen, ihre Handtasche war verschwunden. Kein Geld in der Wohnung, obwohl sie welches hatte. Kein Notizbuch mit Adressen.«

»Wahrscheinlich waren Geld und Notizbuch in der fehlenden Handtasche«, gab ich zu bedenken. »Am Ende Raub? Irgendein aufgeschreckter Rauschgiftsüchtiger? Oder ein Berufseinbrecher?«

»Möglich. Die fachmännische Tötungsart sieht jedoch nicht nach Einbrecher aus, und der waghalsige Einstieg schon gar nicht nach einem Süchtigen. Aber man kann nie wissen. Die Eltern müssen jeden Augenblick hier auftauchen. Mich interessiert vor allem, was sie in der Zeit zwischen ihrem Verschwinden von zu Hause und dem Tag vor drei Wochen tat, als sie in die Wohnung einzog.«

»Haben Sie was dagegen, daß ich bleibe?«

»Bleiben Sie nur«, bot mir Gazzo an.

Sie trugen das Selbstbewußtsein aller Kleinstadt-Gewaltigen zur Schau. In ihrer Welt waren sie die Herrscher. Ihre Welt, das waren der vornehme Anzug und das imposante Gebaren des Bürgermeisters Martin J. Crawford, das war auch der teure Nerz, den Mrs. Crawford trotz der stickigen Hitze in Gazzos Büro über ihrem aufwendig schlichten, schwarzen Kleid trug, als handele es sich um einen kurzen Majestätsbesuch. Aus regungslosen Gesichtern blickten sie Captain Gazzo an.

»Können wir sie mitnehmen, Captain?« wollte Martin Crawford wissen.

Er war über einen Meter achtzig groß und mochte knapp zweihundert Pfund wiegen. Beim Sprechen bewegten sich die weichen Hände, als gelte es, Befehlen Nachdruck zu verleihen. Er hatte die Augen eines gewieften Anwalts, der jede Einzelheit wahrnahm, aber den Kommentar zurückstellte, bis er sicher sein konnte, wie sich die Dinge zu seinem Vorteil regeln ließen.

»Ja, Sie können Sie mitnehmen«, beschied Gazzo ihn.

Crawford nickte und blieb unschlüssig stehen. Blickten seine Augen auch klar und scharf in die Welt, so verriet der schwere Körper die Ratlosigkeit, wie gelähmt durch ein Ereignis, das nicht in die Welt passen wollte, in er er sich auskannte.

»Martin«, mahnte seine Frau, »willst du nicht die Leute vom Beerdigungs-Institut anrufen?«

»Ja.« Crawford gab sich sichtlich einen Ruck. »Natürlich, Katje.«

Sie beobachtete ihn, als er langsam an ein Telefon trat. Eine hochgewachsene, dunkelblonde Frau um die Vierzig, schlank und sehnig, mit dem Körper einer Sportlerin. Keine leichte Gegnerin auf dem Tennisplatz oder beim Golf. Sie war keineswegs hübscher als ihre tote Tochter, das Gesicht erschien mir schmaler. Mit zwanzig mußte sie unter ihren attraktiven Gegenspielerinnen wie eine vornehme Prinzessin gewirkt haben, immer ein wenig älter und reifer. Ihre stolze, aufrechte Haltung ließ mich an eine mittelalterliche Schloßherrin denken, die – während der ritterliche Gatte im Krieg ist –, die Burg verteidigt.

»Wir sind Ihnen dankbar, Captain«, sagte sie. »Wir – wir wissen nicht, was wir tun sollen. Sie war unsere Älteste, Francesca. Wir – wir werden uns immer fragen, warum das geschehen mußte. Wie kam es? Mußte sie so enden?«

»Wir werden herausbekommen, wie es geschah«, versicherte Gazzo.

Sie zuckte leicht die Schultern, als wollte sie sagen, ja, natürlich, die

Polizei wird den Mörder schon finden, aber kann uns das helfen? Werden wir dann wissen, was wirklich geschehen ist und warum?

Martin Crawford legte den Hörer auf. »Sie erwarten uns im – im Leichenschauhaus, Katje.«

Das Wort schien ihn zu schmerzen; Crawford sank in sich zusammen, das mächtige Gesicht erschlaffte vollends. Mrs. Crawford legte ihm die Hand auf den Arm. Gesichtszüge und Name verrieten mir ihre Herkunft: altes holländisches Patriziergeschlecht, eine Herrin. Crawford tätschelte ihr die Hand.

»Wir wissen nicht, warum sie von zu Hause weglief«, sagte der breitschultrige Mann bedächtig. »Wir wissen überhaupt nicht, was sie tat. Die Kinder leben heute in ihrer eigenen Welt. Wir bringen ihnen das Denken bei, und sie denken dann in Bahnen, die wir nicht einmal erahnen, geschweige denn verstehen können.«

»Also können Sie uns gar nichts mitteilen?« fragte Gazzo.

»Soweit uns bewußt ist, nicht«, antwortete Katje Crawford. »Francesca war immer unsere Schwierigste. Seit sie zehn war, schien es mir, als wäre der Draht zu ihr gerissen.«

»Dickschädel!« sagte Martin Crawford empört, aber der Vorwurf galt offensichtlich ihm selbst ebensosehr wie dem toten Mädchen. »Manchmal saß sie nur da und starrte uns an. Trotzdem, unsere Beste. Das beste Kind ist für die Eltern oft das schwierigste.«

»Sie hatten viel Ärger mit ihr?« fragte ich.

Beide sahen mich an, zum erstenmal. Martin Crawford nickte.

»Fortwährend gab es Krach. Über alles und jedes. Sogar in öffentlichen Angelegenheiten war sie gegen mich. Wohnungsbau, Denkmalpflege, Verbrechensbekämpfung.«

»Wann hörten Sie das letzte Mal von ihr?« fragte Gazzo.

»Als sie weg war, hörten wir überhaupt nichts mehr.«

»Drei Monate lang?« warf ich ein. »Haben Sie sich nicht nach ihr erkundigt?«

»Nein«, erwiderte Crawford. »Sie hinterließ eine Nachricht, daß sie verreisen wolle. Sonst nichts, weder Ziel noch Gründe.«

»Sie hatte eine Narbe«, sagte ich. »Wie eine Schußwunde.«

»Ein Unfall aus ihrer Kindheit«, erwiderte Mrs. Crawford.

»Mr. Fortune fragt sich nur«, erläuterte Gazzo, »ob das irgendwie von Bedeutung für den Fall sein könnte.«

»Martin hat geschossen, es war ein Unglücksfall. Sie war damals zweieinhalb.« Mrs. Crawford sah fragend zu mir herüber. »Sie nannten diesen Mann ›Mr. Fortune‹, Captain. Gehört er nicht zu Ihrem Team?«

»Er ist Privatdetektiv, arbeitet aber mit uns zusammen.«

»Privatdetektiv? Das verstehe ich nicht. Wollen Sie sagen, jemand hat ihn engagiert? Wer? Warum?«

»Ich kannte Francesca, Mrs. Crawford. Wir begegneten uns hier in New York. Ich möchte helfen.«

»Helfen?« fragte sie ein wenig ratlos. »Ach so, ja, vielen Dank.«

Gazzo fiel ein. »Können Sie uns irgend etwas aus dem Leben Ihrer Tochter berichten, das uns weiterhilft?«

»Nein«, erwiderte Martin Crawford. »Ich meine, wo soll man da anfangen?«

»Aus zwanzig Jahren?« fiel Mrs. Crawford ein. »Wie sollen wir da heraussuchen, was Ihnen helfen könnte? Francesca war in mancher Hinsicht ein ungewöhnliches Kind – immer beschäftigt, viel zu schweigsam, gut in der Schule, auf ihre eigenen Vorhaben geradezu versessen und dabei ungeheuer hartnäckig. Aber dann war sie auch wieder ein ganz normales Kind, mit vielen Freunden. Einige kannten wir, andere nicht. Da gibt es einfach nichts Besonderes zu berichten, Captain. Ja, wenn Sie spezifische Fragen hätten, dann vielleicht. Aber so . . .«

Gazzo und ich, wir wußten beide, daß sie recht hatten. Wenn für sie nichts Besonderes vorlag und wir nicht wußten, worauf wir aus zu sein hatten, dann war es die berühmte Jagd nach der Stecknadel im Heuhaufen.

Die beiden standen auf. Die Frau ging voran, die tote Tochter abzuholen. Wir hatten nicht viel herausbekommen. Am Ende gab es da auch gar nichts Besonderes. Nur ein weiterer Dutzendmord?

3

Über die 84. Straße Ost, wo Francesca Crawford für drei kurze Wochen als Fran Martin gelebt hatte, brach der Oktoberabend herein. Der Wind hatte plötzlich aufgehört; es war wie im Zentrum eines Orkans, die Bäume zu beiden Seiten der Straße ragten still in den Abendhimmel. In New York ist das nicht ungewöhnlich. Während die West Side kocht und brodelt, liegt die East Side oft in tiefem Frieden da.

Die Wohnung des Mädchens lag in einem kleineren Haus aus

Sandstein, das im Vergleich zu ähnlichen Gebäuden im Westend recht schmuck anzusehen war. In den Fenstern Blumenkästen statt Milchkartons und alten Männern in Unterhemden, alles in allem fast ein idyllisches Bild. Auf mein Klingeln antwortete niemand, und die Tür zum Vestibül blieb verschlossen. Ich vergewisserte mich, allein auf weiter Flur zu sein, und öffnete das Schloß mit Hilfe meines kleinen Spezialplättchens aus hartem Plastik. Oben im letzten Stockwerk angekommen, verschaffte ich mir mit meinem Schlüsselbund Eingang in die Wohnung.

Im letzten Abendlicht sah ich neue, recht neutrale Möbel von der Art, wie man relativ teure möblierte Wohnungen einrichtet; kein Hinweis auf Charakter und Lebensgewohnheiten der Mieter. Das Apartment enthielt ein großes Wohnzimmer, eine vollständig ausgestattete Küche, Eßraum, zwei Schlaf- und zwei Badezimmer – monatlich mindestens vierhundert Dollar.

Eines der Schlafzimmer war mit persönlichen Habseligkeiten geradezu vollgestopft: Die beiden Schränke platzten vor Kleidern fast aus den Nähten, die Garderobe einer jungen Frau, die gern und viel ausging und deren Hauptinteresse offensichtlich darin lag, ihre Figur vorteilhaft zur Schau zu stellen. Auf dem Ankleidetisch standen die Make-up-Utensilien dicht wie ein Wald, das Bett verbarg sich unter einer Oberdecke, und der Schreibtisch sah aus, als würde er selten benutzt. Herumliegende Abschnitte von Zahlungsanweisungen verrieten mir, daß ich mich im Zimmer der Mitbewohnerin, Celia Bazer, befand. Sie arbeitete in einem Etablissement namens *Bel Moden,* und aus der Höhe der Zahlungen ersah ich, daß sie Mannequin sein mußte.

Das zweite Schlafzimmer wirkte dagegen geradezu spartanisch. Nirgendwo Kosmetika, nicht einmal im Badezimmer, und im ganzen weniger als zehn Kleider. Der Inhalt der beiden Schrankhälften unterschied sich wie Tag und Nacht voneinander: in der einen drei Cocktailkleider, ein Paar hochhackige Schuhe, eine Abendstola. Der andere enthielt nur lockere und bequeme Sachen: dünne Kleidchen, Hosen, Sandalen, männlich wirkende Hemden und Jeans. Das alles vermittelte einen Hauch von Jugend und Unabhängigkeit. Die Oberdecke auf dem Bett trug hier ein anderes Muster; der Schreibtisch sah genauso aus, war aber oft benutzt.

Auf der Tischplatte lagen Stadtpläne und Reiseführer von New York, Nachtklub-Reklamen und Scheckabschnitte des *Emerald Room.* Die Schecks lauteten sämtlich auf kleine Summen; Francesca Crawford hatte nicht viel verdient. Nichts datierte weiter als drei Wochen zurück; auch in den Schubladen fand ich keine Hinweise. Keine Unterwäsche, Korsetts oder Büstenhalter, nur vier Bikinihöschen – ein modernes Geschöpf. Der ganze Schmuck bestand aus etwas Silber und ein paar Türkisen, solide, handgefertigte Sachen indianischer Machart. Alles war blank und neu und verriet durch nichts seine Herkunft.

Ich wandte mich dem Bett zu. Ein Mörder läßt manchmal die Vorsicht in dem Augenblick außer acht, in dem er die Tat begeht. Vielleicht hier ein Indiz? Ich zog die Oberdecke zurück und erlebte eine Überraschung: Auf dem ganzen Bett keine Spur von Blut.

Schnell ging ich in das andere Schlafzimmer zurück und entfernte auch dort die Decke. Hier war Blut auf der Matratze – und ein tiefer Riß dort, wo das lange Messer durch den Körper in den Stoff gefahren war. Als Francesca Crawford umgebracht wurde, lag sie im falschen Bett.

Der Hausmeister, ein kleiner, drahtiger Bursche, musterte mich von Kopf bis Fuß, registrierte den alten Dufflecoat und den fehlenden Arm. Er machte einen kriegslüsternen Eindruck, als würde er einem ohne weiteres ins Gesicht rülpsen, um zu beweisen, daß er sich nichts bieten ließ. Ich erkundigte mich, ob Francesca Crawford viele Besucher gehabt hatte.

»Sie sind 'n Bulle? Mit *dem* Arm?«

»Privatdetektiv. Ihre Familie hat mich beauftragt, herauszufinden, wie das passierte, was sie trieb und mit wem sie liiert war.«

Ein geradezu gieriges Leuchten ging über seine Züge. Ich hatte einen jener liebenswerten Zeitgenossen vor mir, die sich an Skandalen vollsaugen. Er rieb sich das Kinn. »Nannte sich Martin. Sah nicht übel aus, vergißt man mal die Narbe. Komische Nudel. Meistens allein, quatschte nie viel. Die und die andere, das sah mir erst ziemlich verdächtig aus. Aber die Bazer hatte 'ne Menge Männer.«

»Francesca Crawford nicht?«

»Hab' in den ganzen drei Wochen nur zwei gesehen. Und da auch nur jeden zweimal. Keine Parties, keine festen Freunde wie die anderen alle.«

»Wer waren die beiden?«

»Einer war vierzig oder so. Sah aus wie 'n Ausländer, schick angezogen, klein, graues Haar. Hab' ihn nie mit ihr zusammen gesehen, aber er ging paarmal 'rauf. Einmal hat er gefragt, ob sie da wäre.«

»Und der andere?«

»So ’n großer Blonder, vielleicht dreißig.« Seine Augen funkelten aufgeregt. »War auch am Tag da, als sie abgemurkst wurde, gegen fünf Uhr nachmittags. Fragte erst nach der Bazer, dann nach der Crawford. Ob ich wüßte, wo sie wären? Wußte ich nicht. Das hab’ ich auch der Polizei gesagt.«

»Sahen Sie jemals einen Mann, ziemlich klein, aber breitschultrig, um Mitte Vierzig?« Ich gab ihm eine detaillierte Beschreibung von John Andera.

»So einen hab’ ich nie gesehen.«

»Irgendwelche Frauen?«

»Nee.« Diese Seite der Geschichte interessierte ihn offensichtlich nicht.

»In der Nacht, als sie starb, hörten Sie da gar nichts?«

»Das hab’ ich den Bullen doch schon gesagt. Nee, nichts.«

»Aber sonst hören Sie doch immer alles, nicht wahr?«

Er schlug mir die Tür vor der Nase zu. Als ich in die Nacht hinaus ging und mich auf den Weg zur nächsten U-Bahn-Station machte, fühlte ich mich etwas freier. Wenigstens hatte ich ihm gezeigt, was ich von ihm hielt. Der saß jetzt bestimmt in seinem Loch und verfluchte mich. Als ich in die Lexington Avenue einbog, sah ich den Mann hinter mir.

Es war inzwischen dunkel und der Bürgersteig ziemlich bevölkert. Deshalb konnte ich ihn nicht genau erkennen, aber ich war mir sicher: Der Mann verfolgte mich. Die Kleidung gab mir keinen Hinweis auf die Identität: dunkler, fast schwarzer Anzug, billig wirkender Mantel, Hut tief ins Gesicht gezogen. Um ganz sicherzugehen, bog ich unvermittelt in Richtung Central Park ab. Natürlich, er kam mir nach, blieb hier, wo weniger Leute auf den Straßen waren, allerdings weiter zurück. Ich lief um die verschiedensten Ecken. Als ich schließlich wieder an die Lexington Avenue kam, wußte ich meinen Verfolger immer noch hinter mir. Ich bog um die Ecke und suchte in einem Hauseingang Deckung.

Nichts. Niemand, der meinem Schatten ähnlich sah, kam mir nach. Ich wartete ungefähr fünf Minuten und nahm dann die U-Bahn stadtabwärts.

Vielleicht hatte ich mich doch geirrt.

Das *Emerald Room* hatte eben erst aufgemacht. Hinter der anonymen Fassade verbarg sich eine gemütliche Kneipe: Nischen mit tiefen Ledersitzen, weißgedeckte Tische, genug Licht, um das Essen auch zu sehen, im Kamin ein richtiges Feuer gegen die Oktoberkühle und schließlich eine kleine, saubere Bar. Der Wirt kam nach einem kurzen Blick auf meinen alten Dufflecoat schnell auf mich zu.

»Bitte schön, Sir?«

»Ich möchte den Geschäftsführer sprechen.«

»Worum geht's?« Jetzt war er teils kurz angebunden, teils erleichtert, daß ein Niemand wie ich keinen Tisch verlangte.

»Um eine frühere Angestellte.«

»Das ist mein Revier. Welche Angestellte?«

»Francesca Crawford. Oder Fran Martin.«

Er erstarrte. »Wir haben der Polizei erschöpfend Auskunft gegeben.«

»Hatten Sie irgendwann Schwierigkeiten mit ihr? Männer?«

»Sie war ein ruhiges, tüchtiges Mädchen. Alle mochten sie gern. Schluß jetzt. Muß ich den Rausschmeißer rufen?«

Ich folgte seinem Seitenblick und sah ein muskulöses Mittelgewicht in locker sitzendem Anzug, der uns genau beobachtete. Da ging ich lieber.

Auf der Achten Avenue, in der Nähe meines Büros, machte ich in einer Imbißhalle Station. Beim Essen dachte ich an Francesca Crawford. Gazzo hatte recht gehabt, es gab so gut wie keine Anhaltspunkte. Vielleicht wußte die Wohngenossin, Celia Bazer, etwas mehr. Einstweilen aber hatte ich Geschichtsforschung zu treiben.

Auf dem Weg zur Filiale der Stadtbibliothek konnte ich keinen Verfolger ausmachen. Welch große Rolle die Bibliothek unter den Arbeitsmitteln eines Privatdetektivs spielt, wird oft vergessen. Hier würde ich mein Wissen über Martin J. Crawford, seines Zeichens Bürgermeister, aufbessern können. Ich ließ mir den neuesten ›Who Is Who‹ geben. Viel war es nicht, Dresden kam schließlich über den Rang einer Kleinstadt nicht hinaus:

Crawford, Martin James: Bürgermeister, Dresden, N. Y. Geb. 14. 4. 1920, Dresden. Privatschulen Cornell Univ. Jurist. Ex., verh. Katje van Hoek, 4 Kind. 1945 Zul. Anwalt Staat N. Y. 1948–50 Mitgl. d. Stadtr. Dresden, 1950–56 Abg. Staatsparl. N. Y.

1957–62 Büro d. Gen.Staatsanwaltsch. N. Y., 1962 Gründ. Anwaltsfirma Vance, Crawford & Cashin, 1964 Wahl z. Bürgerm. Dresden. 1966 »Dresden-Plan« (Neureg. d. Sozialfürs.), 1968 Gründung Kommission z. Verbr.bk., Leitung Carter Vance, Anthony Sasser, dem Bürgerm. persönl. verantw., 1968 Wiederwahl, 1969 Aufgabe des »Dresden-Plans« auf Grund gerichtl. Anfechtungen.

Ich schlug den ›Who Is Who‹ zu. Bürgermeister Martin Crawford, alle Achtung. Ein Mann, auf den seine Heimatstadt Dresden stolz sein konnte. Offensichtlich gute Familie, wahrscheinlich vermögend. Einfluß, aber auch überdurchschnittliche Fähigkeiten: zugelassener Anwalt mit fünfundzwanzig Jahren, gleichzeitig schon Ratsmitglied. Bis 1962 hatte er es augenscheinlich auf eine Karriere in der Staatsverwaltung abgesehen gehabt, danach schien ihn die Lokalpolitik ganz in Anspruch genommen zu haben: größerer Fisch im kleineren Teich. Der Kurzbiographie zufolge ein engagierter Kämpfer gegen das Verbrechen und ein eher konservativer Reformer. Solche Leute schaffen sich Feinde.

Als nächstes suchte ich mir die Nummer von Celia Bazers Wohnung heraus und rief aus der Bibliothek an. Keine Antwort. Entweder hielt die Polizei sie noch fest, oder sie hatte sich erst mal abgesetzt. Bevor ich mit ihr gesprochen hatte, konnte ich nicht viel unternehmen. Immerhin hatte ich tausend Dollar in der Tasche. Ich mußte an Marty denken, mein Mädchen, Martine Adair. Die hatte mich seit einer Woche nicht mehr zu Gesicht bekommen. Na ja, sie mußte auch ihr neues Stück proben, endlich eine tragende Rolle. Auf gut Glück rief ich das Theater an. Marty hatte keine Zeit.

Also ging ich in meine Stammbar. Mein Freund Joe Harris hatte hinter der Theke Dienst, und ich trank ein paar irische Whiskys, die ich zur Abwechslung sogar bezahlen konnte. Nach einem gemütlichen Zwei-Stunden-Plausch mit Joe ging ich heim. Ich lag noch eine ganze Weile wach, die Ereignisse des Tages gingen mir nicht aus dem Sinn. Ein konservativer Kleinstadtbürgermeister, der das Verbrechen bekämpft und dessen Tochter ermordet wird. Ein Mädchen fällt nicht ohne Grund einem Verbrechen zum Opfer – oder doch? Schließlich leben wir nicht gerade in friedlichen Zeiten.

4

Ein dumpfer, pochender Schmerz weckte mich, ein Schmerz, den es eigentlich gar nicht geben durfte: in meinem fehlenden Arm. Es war ein grauer trüber Morgen.

Ich zündete mir eine Zigarette an, setzte die Gasheizung in Gang und stöpselte die Kaffeemaschine ein. Dann versuchte ich, Marty anzurufen. Keine Antwort. Sie war offensichtlich von frühmorgens bis abends spät mit ihren Proben beschäftigt. Also blieb mir nichts anderes als die Arbeit, und über meinem Kaffee versuchte ich, mich dafür in die rechte Stimmung zu versetzen.

Das Sandsteinhaus in der 84. Straße wirkte an diesem trüben Morgen öde und verlassen. Der Wind zerrte die letzten Blätter von den schmächtigen Bäumen. Diesmal antwortete der Türsummer auf mein Klingeln. Als ich im obersten Stockwerk ankam, erwartete mich eine hochgewachsene junge Frau. Sie war hübsch und wirkte weiblicher als die tote Francesca Crawford. Ich schätzte sie auf fünfundzwanzig oder etwas mehr. Sie trug einen blauen Morgenmantel. Ihr Schönheitskapital war vor allem ihre Jugend. Viel Zeit hatte sie nicht mehr zu verlieren.

»Miss Celia Bazer?« erkundigte ich mich.

»Ja. Wieder Polizei?«

»Dan Fortune. Ich bin Privatdetektiv.«

»Aber ich weiß überhaupt nichts! Das hab' ich doch der Polizei gesagt.«

»Will mich nur mal mit Ihnen unterhalten. Kann ich 'reinkommen?«

»So?« Sie trat einen Schritt zurück. »Na, meinetwegen.«

Im Wohnzimmer standen Koffer und Taschen herum. Die Schranktüren im Schlafzimmer waren offen, alle Fächer leer.

»Zurück nach Dresden«, sagte sie. »Hier bleibe ich nicht mehr. Ein Jahr lang nur. Da wollte ich reich und berühmt werden. Und jetzt? Geld habe ich kaum, und auf diese Art Ruhm pfeif' ich.«

»Francesca und Sie waren alte Freunde aus Dresden?«

»Wie man's nimmt. Wir kannten uns zwei Jahre, bevor sie an die Uni ging. Und dann ein paar Monate, als sie zurück war. Ihr Vater ist der Bürgermeister. Meiner hat ein Schuhgeschäft.«

Celia Bazer ließ sich durch meine Gegenwart nicht vom Packen abhalten. Daß der Morgenmantel nur wenig verbarg, schien ihr nichts auszumachen. Ich setzte mich.

»Warum hatte sich Francesca einen falschen Namen zugelegt?« erkundigte ich mich.

»Keine Ahnung. Sie sprach nie darüber. Eines Tages rief sie mich einfach an und fragte, ob ich Platz für sie hätte. Als ich ja sagte, zog sie ein.«

»Und wo sie vorher war, wissen Sie nicht?«

»Irgendwo hier in der Stadt.«

»Hatte sie Angst? Versteckte sie sich?«

»Fran war nicht ängstlich. Und was hat es ihr eingebracht? Ich bin ängstlich.«

Sie packte und packte, als müßte sie einen bestimmten Termin einhalten.

»Hatte sie oft Besuch?«

»Carl Gans kam zweimal. Hatte sich mit ihr verabredet. Und Mr. Dunstan. Der holte sie ein paarmal ab. Damit hat sich's. Trübes Leben, immer so allein.«

»Gans und Dunstan? Wer sind die? Können Sie die Männer beschreiben?«

»Carl Gans arbeitet im *Emerald Room*. Von Ihrer Größe, aber schwerer. Gesicht wie ein Rowdy, etwa fünfundvierzig. Mr. Dunstan ist kleiner, ebenso alt, netter Typ. Sieht reich aus, aber ich weiß nicht, was er macht. Heißt Harmon mit Vornamen und lebt in Hempstead.«

»Hatte sie eine Affäre mit einem oder beiden?«

Sie starrte mich an. »Ob sie mit ihnen schlief, meinen Sie? Keine Ahnung. Die beiden durften nie mit 'rauf. Ich glaube, sie war sowieso schwer ins Bett zu kriegen. Typ Tigerin, so eine, die mit ihren Männern immer erst kämpfen muß.«

»Haben Sie jemals einen großen Blonden gesehen, so um die Dreißig?«

»Nein, nie.« Sie ließ den letzten Koffer zuklappen.

»Oder einen gewissen John Andera?«

»Nie gesehen.«

»Warum hielt sie ihre guten Kleider, die schicken Sachen, so streng getrennt von den anderen?«

Sie richtete sich auf. »Das haben Sie also bemerkt? Warum? Keine Ahnung. Ich glaube, die teuren Dinger hat ihr jemand geschenkt. Sie selbst kaufte nur Ramsch. Ich hab' Fran in dieser Beziehung nie verstanden. Sie hätte alles haben können, die besten Kleider tonnenweise, aber sie legte keinen Wert darauf. Auch zu Hause nicht.«

»Die Reichen brauchen sich nichts zu kaufen, um jemand zu sein.«

»Da haben Sie wohl recht.«

Sie ging ins Schlafzimmer, sah nach, ob alles gepackt war. Dann kam sie wieder und zog den Morgenmantel aus. Nur mit Schlüpfer und Büstenhalter bekleidet, suchte sie sich ein Kleid aus einem der Koffer. Unbekümmert bewegte sie sich so vor mir, und ich versuchte, nicht schamhaft wegzusehen. Das war gar nicht so leicht.

»Diese Wohnung kostet doch eine Kleinigkeit«, sagte ich schließlich. »Wo bekam sie das Geld her?«

»Von der Bank. Sie hatte genug. Ihr Sparbuch wird wohl in der Handtasche gewesen sein, Sie wissen doch – die verschwunden ist.« Sie war jetzt fertig angezogen. »Können Sie mir tragen helfen – mit dem Arm?«

»Ich kann zwei Koffer nehmen, wenn sie nicht zu groß sind.«

Mit einer Hand nahm ich zwei Reisetaschen und stieg hinter ihr mühsam die Treppen hinab. Der schwere Reisekoffer würde später abgeholt, sagte sie. Unten auf dem Bürgersteig stellten wir das übrige Gepäck auf. Sie sah mir zum Abschied ins Gesicht. »Ich weiß nicht, was mit Francesca los war, Mr. Fortune, und wie es passierte. Sie hat mir nie was gesagt, tut mir wirklich leid.«

Es kam mir vor, als wollte sie mich loswerden, bevor sie ein Taxi rief.

»Kann ich Sie in Dresden erreichen?«

»Klar, jederzeit. Meine Familie steht im Telefonbuch.«

»Gut. Vielen Dank für Ihre Hilfe.«

Sie lächelte, und ich machte mich in Richtung Dritte Avenue davon. Sobald ich außer Sichtweite war, hielt ich ein Taxi an.

»Warten Sie hier«, sagte ich dem Fahrer nach etwa fünfzig Metern. Jetzt hatte ich Celia Bazer im Blickfeld. Auch sie bekam schnell ein Taxi. Ich wies meinen Fahrer an, dem anderen Wagen zu folgen. Celia Bazers Taxi bog in die Zweite Avenue ein und fuhr stadtabwärts, wir hinterher.

Celia Bazer führte uns zum *Cooper Hotel* an der Elften Straße Ost, einer billigen Absteige ohne Türsteher. Statt dessen kam ihr ein großer blonder Kerl entgegen, groß und kräftig, mit dem Charme eines Bären. Er mochte um die Dreißig sein, und als er zusah, wie Celia Bazer das Taxi zahlte, stand er da mit der einstudierten Unbekümmertheit eines Fotomodells. Die schicke Kleidung war in Farbe und Zuschnitt sorgsam abgestimmt: weiche graue Jacke, dunkelgraue Hose, hellblaues Hemd, am Hals offen, damit das männlich-blonde Brusthaar zur Geltung kam. Hellblaue Wildlederschuhe vervollständigten das Bild. Jeder der beiden nahm zwei Koffer und Reisetaschen.

Ich bezahlte mein Taxi und folgte ihnen zum Hotel. Ein grüner Cadillac fuhr hinter mir langsam die Straße hinab, an mir vorbei und hielt auf der anderen Seite dicht neben dem Hotel. Niemand stieg aus. Der einzelne Insasse beschäftigte sich angelegentlich mit seinem Rückspiegel. Ich hielt an und beobachtete ihn eine Zeitlang in einer Schaufensterscheibe. Schließlich ließ er den Motor wieder an und fuhr weiter. Ich betrat das Hotel.

Celia Bazer und der Blonde waren im Foyer nicht mehr zu sehen. Ich kannte den Empfangsportier: Willy Hassler.

»Morgen, Dan. Willst du zu mir?«

»Nein, Willy, mich interessiert der Blonde, der eben ’reinkam. Wer ist das?«

Willy Hassler und ich waren als Halbwüchsige auf denselben Abwegen gewandert, Diebstahl war es meist gewesen. Mich hatte das den Arm gekostet, ihn zehn Jahre seines Lebens. Nun war er Portier in einer schäbigen Bruchbude. Das deprimierte ihn nicht weiter, er hatte weitaus Schlimmeres erlebt.

»Vier-null-neun, Frank Keefer«, berichtete Willy. »Angeblich aus Albany, aber das muß nicht stimmen. Dachte erst mal nach, bevor er die Anmeldung ausfüllte. Wohnt hier seit vier Tagen. Die Frau ist neu.«

»Kann ich sie belauschen, ohne daß wir erst ein Mikro einbauen müssen?«

Willy überlegte mit geschlossenen Augen. »Vier-null-neun? Klar, da gibt’s ’ne Tür nach vier-elf. Und vier-elf steht leer. Geh nur ’rauf.«

»Prima. Du bekommst ’ne Flasche vom Besten, Willy.«

»Bargeld wär mir lieber.«

»Ich schick dir was«, versprach ich.

Als ich in dem klapprigen Lift stand, kam ich mir billig und schäbig vor. Aber tausend Dollar, vielleicht sogar zweitausend, die muß man festhalten, diese Lektion hatte ich gelernt.

In Zimmer vier-elf legte ich deshalb ungeniert das Ohr an die Sperrholzplatte, die über die Tür zum Nebenraum genagelt war. Die beiden mußten auf der anderen Seite ganz in der Nähe sein. Celia

Bazer sprach. In ihrer Stimme schwang Zorn, und nicht nur das. Angst? Liebe?

»Was willst du von mir, Frank?«

Keefer hatte eine tiefe glatte Stimme. »Was ich will? Womöglich nur dich, Cele.«

»Klar, bestimmt. Vier Jahre zu zweit, und dann kamen dir Francesca und ihr Herr Papa unter die Augen. Für mich war das Endstation.«

»Laß Fran aus dem Spiel. Ich sag' dir doch, es war aus mit uns.«

»So – aus? Vielleicht erst seit Dienstagnacht und auf die harte Tour? Du willst, daß ich den Mund halte. Du und Joel, ihr wollt keinen Ärger, stimmt's?«

»Joel kannst du auch aus dem Spiel lassen.« Keefers Stimme klang nicht mehr ganz so glatt. »Fran hat mir gesagt, ich soll mich verkrümeln, und zwar noch in Dresden. Du weißt das doch. Seitdem hab' ich sie nie mehr gesehen.«

Celia Bazer lachte bitter. »Na klar. Du bist gekommen, weil du zu mir wolltest. Und dann? Hokuspokus, Francesca wohnt bei mir. Wolltest du wieder mit ihr anfangen? Vielleicht hattest du Angst, was ich ihr alles sagen könnte? Am Ende war das Ganze ein Irrtum und du hast die Falsche erstochen?«

Die Drohung war klar herauszuhören. Sogar ich auf meinem Lauscherposten konnte sie fast körperlich fühlen. Dann kam die tiefe Stimme Keefers: »Scheinst kein sehr gutes Gedächtnis zu haben, Cele. Weißt du nicht mehr? Dein Gesicht sah ganz schön mies aus, damals, als ich's dir poliert hab'. Es könnte noch schlimmer kommen.«

Ihre Stimme klang dünn. »Mir kannst du keine Angst machen! In Wirklichkeit hast *du* nämlich Angst.«

Aber Celia Bazer hatte selber Angst, man hörte es deutlich. Keefer jagte ihr eine Gänsehaut ein, aber gleichzeitig hatte sie Verlangen nach ihm. Beides klang aus ihrer Stimme. Und auch Keefer hörte das heraus.

»Komm her zu mir«, sagte er.

Die schwachen Geräusche auf der anderen Seite waren klar zu deuten, den Rest besorgte meine Phantasie. Ich sah vor mir, wie er sie fest in den Armen hielt, ganz der rauhe, aber herzliche Bursche; das war seine Pose. Ihr Kopf lag gewiß an seiner Schulter. Das Verlangen hatte über die Angst gesiegt, zumindest in ihrer Stimme.

»War es wirklich aus zwischen dir und Fran? Ganz vorbei?«

»Vor drei Monaten schon, Cele. Klar, ich hatte meine Pläne. Man kann's doch niemandem vorwerfen, wenn er sich 'ne Goldmine wünscht. Aber sie gab mir den Laufpaß. Und was kann ein Frank Keefer gegen die Crawfords ausrichten? Zum Teufel mit ihr, dachte ich. Und das hab' ich auch Joel gesagt. Ich wollte nur dich. Das ist die Wahrheit.«

Mich konnte seine Stimme nicht ganz überzeugen; bestimmt vermied er es, ihr in die Augen zu sehen.

»Frank, wie war das mit Francesca? Wie konnte das passieren?«

»Keine Ahnung, Baby. Ich kam Dienstag hier an und ging gleich zu eurer Bude; niemand war da. Ich rief *Bel Moden* an, du wärest nicht in der Stadt, sagten sie. Mittwoch abend wollte ich nachsehen, ob du wieder zu Hause warst, da stieß ich auf die Bullen. Ich hörte Frans Namen und machte mich schnell aus dem Staub. Gestern las ich die Story in der Zeitung.«

Hinter der Wand hörte ich ihn auf und ab laufen. »Sie war schon komisch, damals in Dresden. Gespannt wie 'ne Uhrfeder. Als sie Schluß machte, sagte sie, ich wäre auch nur so 'n großer Angeber und nichts weiter. Ich war ganz schön sauer, ebenso Onkel Joel. Der hatte schließlich große Pläne gehabt, wie er sich an den Herrn Bürgermeister 'ranmachen konnte. Onkel Joel besoff sich und bekam einen Riesenkrach mit Fran. Damals hab' ich sie zum letztenmal gesehen.«

Keefer hielt inne, und eine Weile war von drüben gar nichts zu hören.

»Laß uns heimfahren, Frank«, bat Celia Bazer schließlich. »Ich will weg aus dieser Stadt.«

Er antwortete nicht, wahrscheinlich nickte er. Dann ging er zum Telefon und verlangte einen Boy. Ich machte, daß ich aus vier-elf 'rauskam, und bezog unten im Foyer Posten.

Aus dem Lift folgte ihnen ein ältlicher Boy, der sich mit drei Koffern abmühte. Die beiden restlichen Gepäckstücke trug Frank Keefer. Celia Bazer war wieder seine Freundin. Während er zahlte, verließ ich das Hotel und lief schnell zur nächsten Ecke, um ein Taxi zu erwischen. Die ersten drei waren besetzt. Ich sah zurück. Keefer lud die Koffer in ein blitzblankes Kabriolet, einen roten Buick.

Endlich hielt ein Taxi für mich an. In diesem Augenblick ging ein Mann im Kamelhaarmantel an mir vorbei und stieg in einen grünen Cadillac. Es war der Wagen von vorhin. Plötzlich wurde mir klar, daß der Mann mich beschattete. Das Mädchen und Keefer konnte ich jederzeit in Dresden aufstöbern. Erst einmal verlangte es mich nach einer Unterredung mit meinem Schatten.

Ich nannte dem Fahrer die Adresse meines Büros. Der Cadillac folgte uns. Am Ziel angekommen, ging ich nach oben. In meinem Stockwerk lag der Korridor düster und verlassen da, wie immer. Ich lief schnell in mein Büro, knipste das Licht an und holte meine große alte Pistole. In der Nähe des Treppenhauses war ein großer Besenschrank. Bis dahin schaffte ich es gerade, ehe ich Schritte hörte. Die Tür ließ ich einen kleinen Spalt offen.

Er schlich wie ein Schatten vorbei. Der Mann hatte breite Schultern, war gut fünf Zentimeter kleiner als ich. Leise trat ich hinter ihm aus dem Schrank. Manchmal vergesse ich völlig, daß ich nur einen Arm habe, aber diesmal war ich bewaffnet: Die Pistole sollte mir als Schlagstock dienen. Er hörte mich und drehte sich um.

Hochgeschlagener Mantelkragen, Hutkrempe tief im Gesicht. Darunter zwei dunkle Augen, sehr weiße Zähne, mehr sah ich so schnell nicht. Ohne zu zögern stürzte er sich auf mich. Ich schlug mit der schweren Pistole zu – und traf nur Luft.

Er bewegte sich wie eine Katze. Ich spürte einen Schlag im Bauch, dann eine knochenharte Faust im Gesicht. Mit dem Rücken schlug ich schwer gegen die Wand. Noch einmal schwang ich die Pistole, wieder daneben. Zwei Fäuste trafen mich in die Magengrube, eins, zwei, dann ein Schlag genau gegen die Kinnspitze. Mindestens drei Arme hat der, dachte ich, das ist unfair. Dann bekam ich noch einen Hieb ans Kinn und landete mit dem Gesicht auf dem Boden.

5

Jemand drehte mich um. Über mir sah ich ein breites Gesicht, olivfarben. Grauer Homburg, grauer Mantel – nein, Kamelhaar . . .

»Fortune?«

Er wurde kleiner und kleiner, wie eine Fata Morgana. Sein Kopf war nur noch stecknadelgroß, und der stämmige Körper streckte sich plötzlich wie ein Strich bis hinauf zur Decke.

»Fortune? Ich bin's, John Andera. Alles okay mit Ihnen?«

Die Erscheinung aus der anderen Welt verwandelte sich in einen normal großen Mann. Er beugte sich über mich. Ich lag immer noch auf dem Flur vor meinem Büro. John Andera also, und nicht der Mann, der mich niedergeschlagen hatte – oder?

»Ich wurde verfolgt.« Mein Unterkiefer fühlte sich beim Sprechen wie Blei an. »Von einem Mann, etwas kleiner als Sie, schmaler. Braune Augen, Kamelhaarmantel. Kennen Sie den?«

»Nein«, antwortete Andera. »Was wollte er von Ihnen?«

»Keine Ahnung. Hab' versucht, ihn in die Mangel zu nehmen, um es herauszufinden.«

In die Mangel, wahrhaftig. Ob ich jemals lernen würde, daß ich mich nicht zum Schläger eignete? Nicht einmal mit zwei Armen. Mein »Opfer« dagegen war der geborene Schläger gewesen, am Ende sogar ein professioneller, jedenfalls hatte er sich so bewegt.

»War Francesca mit ehemaligen Profiboxern bekannt?«

»Davon weiß ich nichts«, meinte Andera. »Ich bin gekommen, um mir von Ihnen berichten zu lassen.«

Mühsam setzte ich mich auf. Das linke Auge war geschwollen, das ganze Gesicht schmerzte fürchterlich, ebenso der Bauch. Aber sonst war ich mit Prellungen davongekommen; als ich aufstand, wurde mir klar, daß ich nur wenige Minuten da gelegen haben konnte.

»Haben Sie niemanden hier 'rauskommen sehen?« fragte ich Andera.

»Nein.«

»Kommen Sie.«

So schnell meine steifen Beine mich trugen, lief ich die Treppe hinab, John Andera dicht hinter mir. Jetzt um die Mittagszeit waren nur wenig Leute auf der Straße. Andera stand neben mir. Schräg gegenüber hielt der grüne Cadillac mit laufendem Motor.

»Da drüben!« rief ich Andera zu.

Die drei Schüsse klangen unglaublich laut. Ich fühlte den dumpfen Schlag am Kopf, und die Straße versank in Dunkelheit.

Eine blaßgrüne Decke, stechender Geruch. Der Schatten beugte sich über mich, ganz dicht. Ein Gesicht.

»Haben Sie irgendwas gesehen, Dan? Wer schoß auf Sie?«

Der auf mich herabsah, war nicht John Andera, sondern Captain Gazzo.

»Dan! Konnten Sie sehen, wer auf Sie schoß?«

»Nein.« Meine Stimme kam von weither.

»Eine Vermutung wenigstens?«

»Nein.«

Die blaßgrüne Decke gehörte zu einem Krankenhauszimmer, der scharfe Geruch kam von Desinfektionsmitteln. Langsam nahm die

Umwelt wieder Gestalt an. Ich lag in einem weichen hohen Bett. Also mußte einige Zeit vergangen sein. Wieviel?

Wieder ein Gesicht über mir, wieder Captain Gazzo.

»Das war heute morgen«, kam seine Stimme.

Ich mußte laut nach der inzwischen verstrichenen Zeit gefragt haben.

»Hat's mich schlimm erwischt?« erkundigte ich mich zur Decke hinauf.

»Sie sind soweit okay«, sagte Gazzo. »Eine Kugel hat Ihre Schädeldecke gestreift, wahrscheinlich Kaliber .45. Wir fanden Sie bewußtlos auf dem Bürgersteig. Sie haben 'ne ganz schöne Rille im Kopf und eine Gehirnerschütterung. Nichts wirklich Schlimmes, Sie stecken nur voller Spritzen. Waren Sie allein, Dan? Sahen Sie wirklich nicht, wer geschossen hat?«

Ich hatte keine Ahnung. Der grüne Cadillac, schön, aber davon gab es mehrere in der Stadt. Und ich hatte nicht gesehen, woher die Schüsse kamen. War ich allein gewesen? Nein. Oder lieber doch, wenigstens fürs erste.

»Ich hab' nichts gesehen«, antwortete ich. »Und ich war allein.«

»Außerdem haben Sie ein paar deftige Beulen.«

»Jemand hat mich zusammengeschlagen, vorher. Ziemlich kleiner Bursche, kannte ihn nicht. Der hat kräftig hingelangt. Und jetzt bin ich müde, Captain.«

Draußen war es dunkel, als ich wieder aufwachte. Es sei immer noch Samstag, wurde mir auf meine Frage bedeutet. Immer noch Samstag? Dann hatte ich also schon den ganzen Freitag verschlafen. Mit viel Mühe bekam ich etwas Essen herunter. Später besuchte mich John Andera. Er wirkte nervös.

»Wie fühlen Sie sich?« wollte er wissen.

»Könnte schlimmer sein. Also haben Sie gar nichts abbekommen?«

»Nein. Wer geschossen hat, konnte ich nicht sehen. Hab' mich auf den Bürgersteig geworfen.«

»Und der grüne Cadillac?«

Er schüttelte den Kopf. »Hab' keinen Cadillac bemerkt. War auch keiner zu sehen, als ich aufstand. Dann kam die Polizei.«

»Irgend jemand fühlt sich von mir bedrängt«, dachte ich laut. »Mit anderen Worten: Der Mord an Francesca war keine Zufallstat, der Mörder kein gewöhnlicher Einbrecher. Nein, sie wurde aus einem ganz bestimmten Grund umgebracht, und irgend jemand ist verzweifelt entschlossen, dieses Motiv nicht ans Tageslicht kommen zu lassen.«

»Aber Sie wissen nicht, um wen es sich handelt«, warf Andera ein. »Und ebensowenig kennen Sie das Motiv für den Mord. Also nützt mir das ganze bis jetzt wenig. Was haben Sie noch herausgefunden?«

Ich berichtete ihm von Crawford, dem Bürgermeister mit dem Hang zu politischen Kreuzzügen, und von Celia Bazer. Ich tischte ihm auf, was Celia Bazer über Francesca und die Männer gesagt hatte, und erwähnte den blonden Frank Keefer. »Keefer gab Celia Bazer damals in Dresden den Laufpaß, damit er die Hände für Francesca frei hatte. Und dann setzte Francesca ihn vor die Tür. Ich glaube kaum, daß er das glatt schluckte. Hat Francesca ihn jemals erwähnt?«

»Nein. Sie erwähnte nie jemanden.«

»Wo verabredeten Sie sich gewöhnlich mit ihr?«

»In Restaurants. Sie wollte nicht, daß ich sie abholte, ich wußte nicht einmal, wo sie wohnte.«

»Hat sie jemals einen Harmon Dunstan oder Carl Gans erwähnt?«

»Sprechen Ihre Freundinnen mit Ihnen über frühere Bekanntschaften?« stellte Andere die Gegenfrage. »Brauchen Sie mehr Geld, Fortune?«

»Für das Krankenhaus zahlt meine Versicherung, wenigstens das meiste. Ich werde Ihnen eine Kostenaufstellung machen. Wahrscheinlich fahre ich nach Dresden. Das gibt Spesen.«

»Sagen Sie mir, wenn Sie was brauchen. Ich komme wieder.«

Er ging. Ich lag erschöpft in meinem Krankenhausbett und fühlte jede Beule. Ganz zu schweigen von der tiefen Rille unter dem dicken Kopfverband. Nein, die Sache mit Francesca war ganz bestimmt kein Zufallsmord gewesen.

Den ganzen Sonntag über ruhte und schlief ich. Die Folgen der Gehirnerschütterung waren abgeklungen, ich aß auch wieder mit Appetit. Montag wollten sie mich entlassen, aber im Augenblick eilte es mir gar nicht. Im Krankenhaus war ich wenigstens sicher. Trotzdem war mir bewußt, daß ich nicht viel länger bleiben konnte. Drei Tage sind genug, um eine Spur ganz schön kalt werden zu lassen.

Am Montag, nach dem Lunch, tauchte Captain Gazzo wieder auf. Ich saß in einem Stuhl und wartete auf den Bescheid, mich anziehen zu können. Gazzo zog sich einen zweiten Stuhl heran und setzte sich. Ich berichtete ihm, was ich von Celia Bazer erfahren hatte. Nur Frank Keefer sparte ich aus. Ich wollte vermeiden, daß man auf ihn Jagd machte und ihn womöglich festsetze.

»Wir haben Dunstan einvernommen, ferner Gans und die Leute im *Emerald Room*«, sagte Gazzo. »Keinerlei Hinweise. Und wer hat nun auf Sie geschossen?«

»Wirklich keine Ahnung. Kurz vorher hatte ich versucht, einen Kerl dingfest zu machen, der mich beschattete. Der schlug mich bewußtlos. Von ihm hab' ich nicht mehr gesehen als einen Kamelhaarmantel, braunen Hut und einen grünen Cadillac. Und verdammt schnelle Fäuste. Könnte ein früherer Profiboxer gewesen sein.«

Gazzo schüttelte den Kopf. »Das ist nicht genug, um uns weiterzubringen. Wir haben die ganze Nachbarschaft durchgesiebt, ob jemand etwas bemerkt hat. Ergebnis gleich null. Niemand sah den Schützen.«

»Wie Celia Bazer sagte, lebte Francesca schon in New York, bevor sie in die 84. Straße zog.«

»Ist mir klar«, erwiderte Gazzo. »Sie kam vor zwei Monaten hier an und mietete sich in der Carmine Street ein. Von den Hausbewohnern da scheint niemand etwas mit ihr zu tun gehabt haben. Diesen Harmon Dunstan, den hat sie um einen Job angegangen. Dann hat sie mit Dunstan selbst vorliebgenommen, eine Weile wenigstens. Zwei Wochen lang arbeitete sie nicht, traf sich nur mit Dunstan. Dann nahm sie den Job im *Emerald Room* an, hängte sich an Carl Gans und zog schließlich in die Wohnung der Bazer.«

Der Captain rieb sich das schmale Kinn. »Zwei Männer in zwei Monaten. Beide zu alt für sie«, überlegte er laut. »Und was haben die beiden gemeinsam? Dunstan ist Geschäftsmann, Carl Gans der Rausschmeißer im *Emerald Room*. Beide haben mehr oder weniger gute Alibis vorzuweisen.«

Das galt auch für den dritten Mann, meinen Klienten. Auch er war über Vierzig und sein Alibi bestimmt hieb- und stichfest, was nicht heißen mußte, daß es stimmte. Offensichtlich war Gazzo bisher noch gar nicht auf Andera gestoßen.

»Ohne Zeugen und handfeste Indizien kommen wir kaum weiter«, meinte Gazzo. »Ich hab' Sergeant Jonas nach Dresden geschickt, aber wenn er nichts Nützliches herausbekommt, sind wir geliefert. Der Killer ist ein Gespenst.«

Gazzo beugte sich dicht zu mir. »Es fehlt ein ganzer Monat – nachdem sie von Dresden fortging und ehe sie hier auftauchte. Wissen

Sie, Dan, ich kann da nicht viel unternehmen, solange ich keine festen Hinweise habe. Aber Sie können die Sache ganz anders angehen. Tun Sie das für mich, Dan. Machen Sie den fehlenden Monat ausfindig.«

Ich nickte. Einen fehlenden Monat im Leben einer Toten, das war keine einfache Geschichte. Ihre zurückhaltende Lebensweise, der falsche Name – womöglich bekamen wir nie heraus, wo sie in der fraglichen Zeit gesteckt hatte. Während ich darüber nachgrübelte, war auch Gazzo tief in Gedanken versunken. Er strich sich immer noch das Kinn.

Schließlich brach er das Schweigen. »Wissen Sie eigentlich, wem das *Emerald Room* gehört?«

»Nein.«

»Abram Zaremba«, erklärte Gazzo. »Commissioner Zaremba für Leute wie Sie und ich. War früher ein höheres Tier in der Staatsverwaltung, Soviel ich weiß, unterstanden ihm die Wild- und Fischereigründe. Er legt Wert darauf, mit Commissioner angeredet zu werden.«

Ich kannte den Namen. In der Provinz war Abram Zaremba eine Figur, die man zu kennen hatte. In welchem Geschäftszweig man auch etwas werden wollte: Abram Zaremba war genau derjenige, der einem weiterhelfen konnte. Mit Macht, Geld und ungeheurem Einfluß. Niemand wagte laut zu sagen, daß er sich illegaler Mittel bediente, aber soviel stand fest: Er hatte eine Menge »Freunde«, die alles tun würden, was er verlangte. Und Martin Crawford war ein eingeschworener Reformer, ein Kreuzritter zumindest auf kommunalpolitischem Felde.

»Ich wußte nicht, daß er auch hier in der Stadt seine Fäden zieht.«

»Er nimmt Geschäftsinteressen wahr, Dan. Aber er wohnt draußen, in der Nähe von Dresden.«

»Haben Sie ihn vernommen?«

»Wegen einer Kellnerin, die unter falschem Namen herumlief? Ich würde ihn nur unnötig warnen, und außerdem würde sofort ein Richter beim großen Boss Einspruch gegen mein Verhalten einlegen. Ich kenne allein drei Richter, die sich jede Woche mit seinem Whisky betrinken. Nein, ich brauche schon einen handfesten Grund.«

»Meinetwegen würde er keinen Richter bemühen«, sagte ich. »Zum Beispiel könnte ich mich mal mit Carl Gans unterhalten und mich sonstwie dort umsehen.«

Gazzo schwieg nachdenklich. Er wußte, was es hieß, Abram Zaremba auf den Pelz zu rücken. Schließlich seufzte er. »Irgendwo müssen Sie ja mal Ihre Nützlichkeit unter Beweis stellen, Dan.«

Wenn das ein Witz sein sollte? Schließlich hatte ich bereits eine Kugel abbekommen.

6

Gegen zwei Uhr an jenem Montag nachmittag konnte ich das Krankenhaus verlassen, zu früh fürs *Emerald Room.* Eine kurze Galgenfrist also. So fuhr ich mit der Long-Island-Eisenbahn nach Hempstead.

Eine kleine emsige Vorstadt wie Tausende überall im Land. Im Telefonbuch stand nur ein Harmon Dunstan. Ich nahm ein Taxi, das mich zu einem großen, freundlichen Backsteinhaus brachte. Es lag in einer ruhigen Seitenstraße nicht weit von der Universität. Um das Haus herum makelloser Rasen, an der einen Schmalseite, neben einer Veranda mit grünem Sonnendach, ein Swimming-pool. Das Wasser war bereits abgelassen. Haus und Grundstück schienen sorgsam gepflegt.

Als ich über den gepflasterten Weg durch den Vorgarten ging, merkte ich, daß mich jemand durch das große Vorderfenster beobachtete. Gleich darauf wurde die Haustür geöffnet: von einer schlanken Blondine, etwa fünfunddreißig Jahre alt. Das Gesicht verriet immer noch einen Anflug allzu perfekter Schönheit, wie sie einem auf den Titelseiten von Illustrierten begegnet, und ihre Figur konnte sich sehen lassen. Lose herabfallende Hose und ein fleckiges Hemd ließen darauf schließen, daß ich sie beim Saubermachen überrascht hatte.

»Ich suche einen Mr. Harmon Dunstan.«

»In welcher Angelegenheit?«

»Eine Privatsache. Ich bin Detektiv. Sind Sie Mrs. Dunstan?«

Sie nickte. »Dann kommen Sie herein.«

Harmon Dunstan war also verheiratet, und seine Frau zeigte sich über den Besuch eines Detektivs nicht sonderlich überrascht. Ich folgte ihr in ein geräumiges Wohnzimmer, blankgeputzt wie ein Juwel. Sie steuerte auf die Hausbar in der Ecke zu.

»Einen Drink, Mr. –?«

»Dan Fortune. Danke, noch zu früh für mich.«

Jetzt erst ging mir auf, daß sie leicht angetrunken war. Die graublauen Augen trugen einen dünnen, trüben Film. Sie mixte sich eine Bloody Mary. Hinter mir vernahm ich ein leichtes Geräusch.

»Zu früh für jeden«, sagte der Mann in meinem Rücken, aber seine Stimme klang nicht vorwurfsvoll, eher besorgt. Ich drehte mich um, und er streckte mir die Hand entgegen. »Harmon Dunstan, Mr. Fortune.«

Unser Händedruck war eine leere Geste, wie die höfliche Begrüßung feindlicher Diplomaten. Er war hochgewachsen, dünn und hatte einen dunklen Teint. Seine Kleidung mutete auf seltsame Art altmodisch an: grauer Mantel, grauer Anzug, graue Handschuhe, Schlips und Homburg, dazu schwarze Schuhe. Er sah aus, als sei er im Fortgehen begriffen. Dreißig Jahre früher hätte man ihn als elegante Erscheinung bezeichnet.

»Kann ich allein mit Ihnen reden?« fragte ich.

»Er ist Detektiv, Harmon«, erläuterte seine Frau. Und zu mir gewandt: »Über Francesca Crawford weiß ich Bescheid. Harmon hat es mir gesagt.«

»In der Zeitung vom Donnerstag hab' ich ihr Bild erkannt«, fiel ihr Mann ein. »Natürlich kannte ich sie als Fran Martin. Ich habe Grace alles erzählt.«

»Sind Sie zur Polizei gegangen?«

»Nein, sie kam zu mir. Ich hatte gehofft, es würde nicht bekannt, die Sache mit Fran und mir. Ich bin Finanzberater und Skandale kann ich mir einfach nicht leisten, verstehen Sie?«

Trotzdem hatte er sich seiner Frau offenbart. Warum?

»Ich hätte ein paar Fragen«, eröffnete ich ihm.

Er setzte sich, immer noch im Mantel. »Ich lernte Fran vor zwei Monaten kennen«, berichtete er unaufgefordert. »Ich ging mit ihr aus, kaufte ihr ein paar Kleider. Es dauerte fünf Wochen, dann schien sie keine Zeit mehr für mich zu haben.«

»Wann sahen Sie Francesca zum letztenmal?«

»Als sie umgezogen war, ging ich noch ein paarmal zur 84. Straße, aber sie hatte immer was zu tun. Das letzte Mal vor einer Woche.«

»Warum verlor sie das Interesse an Ihnen?«

»Sie nannte mir keinen Grund. Vielleicht, wenn ich energischer . . .«

Ich fühlte mich wie in einer surrealistischen Landschaft. Alle Formen und Figuren waren irgendwie verkehrt. Als wären die Dunstans, das Haus und ich selbst plötzlich in eine andere, fremde Welt versetzt, wo alles Gewohnte gespenstisch wurde. Das lag an der Art Harmon Dunstans: Wie er über sich sprach und über seine Affäre mit einem jungen Mädchen – vor seiner Frau, einem Fremden und in der wohlanständigen Umgebung einer gutbürgerlichen Wohnstube. Aber nicht nur das. Es lag auch in der Art und Weise, wie Grace Dunstan das Ganze über sich ergehen ließ, ohne Zorn, Ärger, überhaupt ohne jede Reaktion.

»Waren Sie noch hinter ihr her, nachdem sie das Interesse verloren hatte?« fragte ich.

»Ich versuchte, sie zu sehen, ja.«

»Haben Sie mit ihr geschlafen?«

Er blieb die Antwort schuldig, und ich war mir sicher, auf diese Frage würde er nie Auskunft geben.

»Wissen Sie, ob Francesca andere Männer hatte?«

»Einmal begegnete ich Carl Gans, sonst niemandem.«

»Und was ist mit einem gewissen John Andera?« Ich beschrieb meinen Klienten.

»Nein, aber ich hab' ihr auch nicht nachspioniert, Fortune.«

»Wirklich nicht?«

Plötzlich war es, als fiele sein Gesicht auseinander. Er atmete schwer, blinzelte mich unsicher an, sagte aber nichts.

»Wie haben Sie Francesca kennengelernt?«

»Sie kam in mein Büro und wollte einen Job. Ich hatte nichts für sie, aber irgendwie kamen wir ins Gespräch. Sie war gerade nach New York gekommen, kannte niemanden. Ich lud sie zum Abendessen ein. So fing alles an. Damals, zu Beginn, schien sie mich zu mögen, sogar sehr.«

Grace Dunstan ließ von sich hören. »Eine solche Gelegenheit würde Harmon nie auslassen.«

»Halt den Mund, Grace!«

Seine Frau sah ihn regungslos an. Irgendwie schien mir, als berühre Dunstans außereheliches Liebesleben sie gar nicht. Als wunderte sie sich vielmehr, warum Francesca sich so schnell mit ihm eingelassen hatte.

»Und Sie beide haben Alibis für Dienstag nacht?«

»Wir waren beide zu Hause, die ganze Nacht«, versicherte Dunstan.

Auch nicht schlechter als die meisten anderen Alibis. Für zwei harmlose Leute ist es ganz normal, sich nur gegenseitig zu Zeugen zu haben. Da saßen sie, dicht beieinander, ein solides Ehepaar.

Ich machte mich zu Fuß auf den Rückweg zum Bahnhof, denn ich brauchte Zeit zum Nachdenken. Mich interessierte vor allem die Art und Weise, wie Francesca Crawford gewisse Männer kennengelernt hatte. Ganz zufällig. Oder vielleicht doch nicht?

Diesmal ging ich gleich an die Bar. Im Bewußtsein, genau beobachtet zu werden, bestellte ich einen Whisky.

Der Rausschmeißer stand hart an der Tür. Der Anzug hing ihm lose von den enorm breiten Schultern, das Nasenbein war mehr als nur einmal gebrochen. Aus blauen Augen schweifte sein Blick in regelmäßigen Abständen durch das ganze Restaurant. Trotz der eingeschlagenen Nase machte er einen friedfertigen, fast schüchternen Eindruck, aber daß ihm nichts entging, war offensichtlich.

Ein Kellner näherte sich ihm mit einer Mitteilung. Gans nickte und kam auf mich zu.

»Arbeiten Sie an einem Fall, Fortune?«

Ich wußte, was der Kellner ihm gesagt hatte. In der kurzen Zeit hatten sie mich hier überprüft und alles herausbekommen, was sie wissen wollten. Ich kam mir vor wie ein Regenwurm zwischen lauter harten Männerstiefeln.

»Ich bin hier, um mit Ihnen zu reden«, sagte ich. »Über Francesca Crawford.«

»Hier hat sie sich Martin genannt«, meinte Gans.

Er sah mir über die Schulter und vernachlässigte keinen Augenblick seine Aufgabe, alles unter Beobachtung zu halten. Seine hohe Stimme klang heiser, aber doch irgendwie sanft.

»Die hat Sie ganz schön aufgezogen, was?« klopfte ich auf den Busch. »Und hinterher war doch nichts.«

»Die hat 'ne Menge geredet«, antwortete er. »Arbeiten Sie für die Familie? Den Bürgermeister?«

»Sozusagen.«

»Komisch, Fran als Tochter von 'nem Bürgermeister. Kellnerin war sie nicht, soviel hab' ich auch gemerkt. Aber mit ihrem Job wurde sie schon fertig. Wußte auch, wie sie mit einem umgehen mußte. Bei der war nichts zu holen. Ich hab's dann sein lassen.«

»Also redete sie zuviel. Worüber?«

»Na ja, eben so. Kino, Bücher, alles.«

»Und was haben Sie ihr erzählt?«

»Was ich so gemacht hab', früher, für den Commissioner geboxt, nur war ich nicht gut für mehr als sechs Runden; da hat er mir hier den Job gegeben, damals, als er den Laden aufmachte.«

»Also Sie waren Boxer. Im Stall von Zaremba?«

»Commissioner«, korrigierte mich Gans. »Als ich schwerer wurde, mußte ich ins Mittelgewicht, aber dafür genügte mein Schlag nicht. Für

’nen Rausschmeißer reicht’s, aber nicht für ’nen richtigen Boxer.« Das war keine Klage, sondern eine simple Feststellung.

»Worüber haben Sie noch mit ihr gesprochen?« fragte ich.

»Weiter nichts. Nur so geredet, wissen Sie? Meistens . . .«

Ein kleiner Mann, an den Schläfen bereits kahl und in einem ausgesprochen teuren Abendanzug, war plötzlich aufgetaucht. Er war über Sechzig, hatte ein rundes Eulengesicht mit kleinen Augen. Hinter ihm stand ein zweiter Mann und beobachtete mich ununterbrochen.

»Was will er, Carl?« fragte der Ältere.

»Wegen der Martin, Commissioner. Fran Crawford, meine ich. Sie wissen doch, die Kleine, die ’ne Weile hier gearbeitet hat und letzte Woche umgebracht wurde.«

»Warum sollte ich mich an eine Kellnerin erinnern?« meinte Zaremba von oben herab. »Warum kommt dieser Mann hierher?«

Seine Stimme klang energisch und befehlsgewohnt. Aber einen Fehler hatte er gemacht. Niemand hatte erwähnt, daß Francesca Kellnerin gewesen war. Also erinnerte sich Zaremba nicht nur, er wußte genau Bescheid.

»Ich bin mal mit ihr ausgegangen«, erläuterte Gans.

»Wirklich? Hast du ein Alibi, Carl?«

»War bis zwei Uhr nachts hier«, antwortete Gans. »Hab’ dann bis nach vier Karten gespielt, mit ’n paar von den Jungs.«

Das alles sollte sich offensichtlich so anhören, als hätte Zaremba vorher nie mit seinem Rausschmeißer über das Alibi gesprochen. Aber genausogut konnte das Alibi arrangiert sein, und zwar von Zaremba selbst.

»Dann ist für dich also alles klar«, meinte Zaremba und wandte sich zu mir. »Wie heißen Sie?«

»Dan Fortune.«

Er musterte mich von oben bis unten. »Verschwinden Sie.«

Er drehte sich um und ging. Ich blieb mit Carl Gans allein zurück.

»Der Commissioner hat gesagt, Sie sollen verschwinden.«

Was blieb mir anderes übrig?

7

Erreicht hatte ich nichts, im Gegenteil. Abram Zaremba wußte jetzt, wer ich war. Ich aber wußte nicht mehr als vorher.

Ein kalter Wind folgte mir in der Lexington Avenue bis zur Untergrundbahn hinunter. Zum Essen war es eigentlich zu früh, aber ich fühlte mich noch einigermaßen schwach und ging deshalb in ein kleines Restaurant, wo es Montag abends Rostbraten gab. Während ich aß und mich ausruhte, fragte ich mich, ob es eine Verbindung zwischen Zaremba und Francesca Crawford gab. Bisher eigentlich nur der Umstand, daß sie einen Job im *Emerald Room* angenommen hatte, obwohl es dafür keinen überzeugenden Grund gab.

Durch den ausgezeichneten Rostbraten gestärkt, machte ich mich auf den Weg zu meinem Büro. Ich wollte Captain Gazzo anrufen. Vielleicht war er inzwischen auf eine Spur gestoßen, so daß ich nicht nach Dresden zu fahren brauchte. Große Hoffnungen hegte ich nicht; Francesca hatte in New York so wenig getan. Mädchen, die von zu Hause ausreißen, schlagen gewöhnlich im Vollgefühl der Freiheit über alle Stränge. Francesca Crawford dagegen hatte ein derart isoliertes, geheimnisvolles Leben geführt, daß ich ein seltsames Gefühl nicht loswurde. Irgendwo, so wollte mir scheinen, lauerte in der Dunkelheit eine unbekannte Gestalt.

Das war Einbildung, klar, aber ich konnte mich davon nicht freimachen, und deshalb sprang ich vor Schreck zehn Zentimeter in die Luft, als sich vor meinem Haus ein wirklicher Schatten aus einer Türnische löste. Jemand kam mir entgegen: eine Frau.

Wie immer trug ich keine Waffe, und als ich die Erscheinung sah, wäre ich ums Haar davongelaufen. Sie stand jetzt im Schein einer Straßenlampe: langes dunkles Haar, zurückgekämmt, Hakennase, leicht orientalisch geschnittene, dunkelbraune Augen, breite Backenknochen. Francesca Crawford!

»Mr. Fortune?«

Unmöglich, versuchte mich mein Verstand zu überzeugen. Wenn das Francesca Crawford war, dann lebte sie, Geister gab es nicht. Aber wußte ich nicht genau, daß sie tot war? Mittlerweile in Dresden begraben?

»Miss Crawford?« fragte ich zaghaft.

»Ja. Kann ich . . . Kann ich mit Ihnen reden, bitte?«

Miss Crawford – aber nicht Fran, natürlich nicht. Dieses Mädchen strahlte ein anderes Fluidum aus. Das gleiche Gesicht, aber mit Make-up, dazu eher konservative Kleidung.

»Wenden Sie mal den Kopf«, bat ich.

Keinerlei Narbe unter dem rechten Ohr.

»Ihre Schwester.« Ich hatte endlich kapiert. »Zwillinge.«

»Felicia Crawford«, stellte sie sich vor. »Ich möchte wissen ...«

»Nicht hier auf der Straße. Da drinnen ist mein Büro.«

Sie schauderte, und das war nicht Schuld des kalten Herbstwinds. Ihr graute vor dem dunklen schäbigen Gebäude, und mir ging es fast ebenso. Das Haus drohte zum festen Treffpunkt für Leute zu werden, die mich verfolgten und im Besitz von Schußwaffen waren.

Deshalb wandte ich mich ab. »Kommen Sie.« Ich nahm sie leicht am Arm.

Wie ein scheues Wild schreckte sie vor der Berührung zurück, aber sie folgte mir willig. Eineiige Zwillinge, gewiß, aber die Jahre hatten den Unterschied deutlich gemacht, und nicht das Gemeinsame. Sie kleidete sich anders, erschien jünger, aber irgendwie spürte ich, daß der eigentliche Unterschied innerlich war. Francesca war ihrer Umwelt hart entgegengetreten, hatte Schwierigkeiten gemacht, wo nur möglich: die typische Rebellin. Ihre Zwillingsschwester wirkte weich, nachgiebig, still, das »gute Kind«, wie es im Buche stand.

»Wie haben Sie von mir erfahren, Miss Crawford?« fragte ich vorsichtig.

»Mutter und Daddy haben von Ihnen gesprochen. Sie haben Mr. Sasser erzählt, daß Sie den – Mord – bearbeiten. Ich möchte helfen. Und ich möchte wissen, was Sie wissen.«

Anthony Sasser: Ich erinnerte mich an den Namen aus Crawfords Biographie im ›Who is Who‹: der Geschäftsmann an der Spitze der Kommission zur Bekämpfung von Verbrechen, zusammen mit Crawfords Anwaltspartner, Carter Vance.

»Haben Ihre Eltern Sie geschickt?«

»Nein, ich kam aus eigenem Entschluß. Bin heute erst weggefahren.«

Wir waren bei meiner Wohnung angekommen, und ich führte sie schnell die Treppen hinauf, bevor sie merkte, daß dieses Haus kaum anheimelnder war als das Bürogebäude. Meine eiskalte Fünfzimmerwohnung schien ihr ohnehin einen Schock zu versetzen. Sie hatte offensichtlich keine Ahnung, unter welchen Bedingungen sogar in amerikanischen Städten die Armen leben müssen, geschweige denn, wie es den Ärmsten der Armen in der ganzen Welt ergeht. Wie konnte dieses Mädchen auch wissen, daß meine fünf ungastlichen Zimmer für Millionen geradezu palastartig erscheinen mußten, daß für sie mein mageres Einkommen ein Vermögen gewesen wäre und ein liebloses Restaurant-Essen der Inbegriff kulinarischer Glückseligkeit?

»Möchten Sie Kaffee?« fragte ich. »Oder was Stärkeres?«

»Kaffee, bitte. Hier wohnen Sie?«

»Es ist ganz erträglich«, erwiderte ich und stöpselte in der Küche die Kaffeemaschine ein. »Sofern Sie auf Geld, Bequemlichkeit und sozialen Status verzichten können.« Als nächstes setzte ich in allen Räumen die Gasheizung in Gang.

»Ja, ich verstehe«, antwortete sie nachdenklich. »Jenseits des Eisengitters um das Crawford-Haus leben auch noch Menschen.«

Das hörte sich wie ein Zitat an.

»Von wem stammt dieser Ausspruch?« fragte ich. »Von Francesca?«

»Ja.« In ihrer Stimme schwangen Tränen mit.

Wir saßen im Wohnzimmer einander gegenüber, sie ganz vorn auf der Sesselkante. Ich zündete mir eine Zigarette an.

»Standen Sie und Francesca sich nahe?«

»Niemand stand Francesca wirklich nahe.« Es klang wie eine Selbstanklage. Ihre Schwester war tot, und sie hatten sich nicht wirklich nahegestanden. »Wahrscheinlich war ich ihr näher als sonst irgendwer, aber in vielen Dingen hatten wir ganz verschiedene Ansichten.«

»Standen Sie ihr denn näher als Frank Keefer?«

»Ich glaube, mit dem war es ihr gar nicht so ernst. Oft lachten wir zusammen über ihn und seinen Onkel. Die beiden mit den großen Ideen. Ich glaube, sie wollte ihn nur einfach haben, und auch nur für einige Zeit, verstehen Sie?«

»Onkel Joel? Was für Ideen hatten die beiden denn?«

»Alles, sofern es Geld ohne Arbeit bedeutete. Joel Pender arbeitet für meinen Vater, beaufsichtigt die Wasserversorgung, oder so ähnlich. Jedenfalls hat er einen Job, den Dad ihm verschaffte. Die meiste Zeit verbringt er aber anscheinend damit, hohen städtischen Beamten Gefälligkeiten zu erweisen. Das gilt auch für Frank Keefer, wenn er gerade mal nicht gebrauchte Autos verkauft.«

»Und Keefer rechnete auf eine Heirat mit Francesca?«

»Frank Keefer?« Sie schien überrascht. »Fran hätte ihn nie geheiratet.«

»In welchen Dingen waren Sie und Francesca unterschiedlicher Ansicht?«

Sie schüttelte traurig den Kopf. »Fran stellte alles in Frage, was für mich festen Wert hatte. Sogar als Kind wußte man nie, was sie dachte oder tun würde. Dad sagte immer, sie wäre geradezu versessen darauf, das häßliche Entlein zu sein. Er war immer besonders darum bemüht, sie zu verstehen. Manchmal wurde ich eifersüchtig.«

Ihre Stimme war ein einziger Selbstvorwurf. Sie war eifersüchtig gewesen, und nun war ihre Schwester tot. Das häßliche Entlein, das seine häßliche Narbe zur Schau getragen hatte. Ein Symbol des Anders seins, der freiwilligen Isolation? Unter der Oberfläche war das häßliche Entlein natürlich ein schöner Schwan.

»Wie kam Francesca zu der Narbe?«

»Es war ein Unfall. Als wir klein waren, weinte sie oft darüber, und später hatte sie Alpträume. Aber als wir vierzehn waren, fing sie an, ihr Haar so zu tragen, daß man die Narbe sehen mußte. Sie hatte damals einen schrecklichen Streit mit Mutter. Sie sagte, Mutter behandelte sie immer anders als die anderen, darum wolle sie auch anders sein und jedem die Narbe vor Augen führen.«

»Stimmte das? Behandelte Ihre Mutter sie wirklich anders?«

»Irgendwie schon. Mutter kümmerte sich mehr um Stefanie und den kleinen Martin, aber das nur, weil sie so viel jünger waren. Stefanie ist heute erst fünfzehn, Martin zwölf.«

»Und Sie? Haben Sie sich vernachlässigt gefühlt?«

Sie zuckte die Schultern. »Manchmal schon, ein wenig. Ich fühlte mich immer so etwa in der Mitte.«

Ich ging in die Küche und goß zwei Becher voll Kaffee. Einen gab ich ihr, dann zündete ich mir eine neue Zigarette an und setzte mich wieder. Der Kaffee war gut.

»Warum sind Sie nun wirklich zu mir gekommen, Felicia?«

»Ich will wissen, wer Sie engagiert hat.«

»Niemand. Ich kannte Francesca und mochte sie gern.«

»Dann möchte ich helfen. Mutter und Dad unternehmen gar nichts!«

»Die Polizei arbeitet an dem Fall. Das ist ihre Aufgabe.«

»Ich will aber mehr tun. Mutter und Dad ist die Sache ganz egal.«

»Nein«, antwortete ich gedehnt. »Das allein hat Sie nicht hergeführt. Sie glauben, ich wüßte etwas ganz Spezielles über den Fall, über Francesca. Und das wollen Sie herausbekommen.«

Sie sah auf meine Zigarette. Ich gab ihr eine, dann Feuer. Sie rauchte ungeschickt.

»Vor drei Monaten war Fran plötzlich sehr aufgeregt, Mr. Fortune. Über irgendwas, das in Dresden vor sich ging oder mit Dresden zu tun hatte. Heute ist mir jemand zum Bahnhof gefolgt. Ich weiß nicht, wer, aber irgend etwas ist faul in Dresden.«

»Was denn? Warum war Francesca so aufgeregt?«

Sie trank Kaffee. »Ich bin mir nicht sicher. Aber in Kalifornien, an der Universität, sind wir beide in politischen Gruppen tätig gewesen. Vor allem Fran war politisch sehr interessiert. Diesen Sommer, als wir nach Hause kamen, hat Fran sich sofort in die Lokalpolitik eingemischt. Sie unterstützte die Gegner eines großen Entwicklungsprojekts. Es handelt sich um ein Gebiet in den Sümpfen am Black Mountain Lake. Früher haben wir da Brombeeren gepflückt, und das Land war nie einen Pfifferling wert. Jetzt gehört es einem Mann namens Abram Zaremba. Er plant dort draußen diese große Wohnsiedlung. Und die Stadt legt die Sümpfe trocken und baut eine Straße mitten hindurch.«

Sie sah zu mir auf. »Fran war offenbar der Ansicht, daß irgendwas an der Sache stank. Zuerst zog sie nur gegen die Trockenlegung der Sümpfe zu Felde, aber ein paar Wochen, bevor sie von zu Hause wegging, machte sie mir ganz andere Andeutungen. Bei der ganzen Angelegenheit handle es sich wahrscheinlich um einen üblen Betrug, meinte sie.«

»Gab sie Gründe an?«

»Da war ein junger Rechtsanwalt gewesen, Mark Leland. Von dem hatte sie es. Leland führte auf eigene Faust eine Untersuchung in dieser Angelegenheit. Sie unterhielt sich ein paarmal mit ihm, und dann – dann wurde er getötet, Mr. Fortune. In seinem Auto umgebracht. Erstochen, gerade wie Francesca. Sie war an jenem Abend bei ihm und sah den Mörder. Aber sie sah ihn nicht deutlich genug, um der Polizei helfen zu können. Man hat ihn nicht gefaßt.«

Sie trank ihren Kaffee aus. »Fran war furchtbar deprimiert – und sehr wütend. Niemand tauge was, sagte sie, und sie hätte die Nase endgültig voll von Dresden. Sie war unvorstellbar niedergeschlagen, und als ich sie nach dem Grund fragte, meinte sie, ich könnte die Sache ja doch nicht so sehen wie sie.«

Wieder blickte sie zu mir auf. »Am nächsten Tag, nach aller Niedergeschlagenheit, da war sie plötzlich wieder ganz aufgeregt. Richtig high. Das war ganz eigenartig, Mr. Fortune. Fast durchgedreht, verstehen Sie? Das war der Tag, an dem sie verschwand.«

Ich wartete schweigend, aber mehr kam nicht. »Sie haben also keine Ahnung, Felicia, was geschehen war?«

»Nein. Fran hatte an jenem Tag ein Gespräch mit Großvater van Hoek. Aber er war sehr krank, wissen Sie, und dann verschwand Fran.

Ich wollte ihn fragen, ob er ihr irgendwas Besonderes gesagt hatte, aber als sie weg war, ging es ihm noch schlechter, und ein paar Tage später starb er. Mutter und Dad waren bei ihm, als er starb, aber nach ihren Aussagen hat er ihnen nichts über Fran erzählt.«

»Haben Sie Frans Freunde gefragt, ob die etwas wußten?«

Sie nickte. »Fran hatte in Dresden nicht viele Freunde. Wir waren lange auf der Universität gewesen, und die letzten beiden Jahre war Fran nicht mal in den Ferien nach Hause gekommen. Sie machte Farmarbeit in Kalifornien, wollte unter den Feldarbeitern leben. Damals fing sie auch an, sich so verrückt zu kleiden.« Sie drückte ihre Zigarette aus.

»Als sie weg war, hörten Sie dann noch von ihr?«

Sie nickte. »Ja, zweimal. Sie schrieb einer Freundin, von der Mutter und Dad nichts wußten, Muriel Roark. In die Briefe legte sie Botschaften für mich. Ich sollte niemandem davon erzählten, schrieb sie. Und ihre Adresse gab sie nicht an. Sie schrieb nichts weiter, als daß es ihr gut ging. Sie fände jetzt endlich die Realitäten heraus, und solche Sachen.«

»Sie wissen also nicht, woher sie schrieb?«

»Der zweite Brief kam aus New York.«

»Irgendwelche Namen? Was sie tat? Warum sie in New York war? Wo sie sich im ersten Monat aufgehalten hatte?«

»Nein. Gar nichts.«

»Verflucht!« Ich stand auf. »Sie sind doch gekommen, weil Sie etwas wissen. Weil Sie dachten, von mir die Antworten auf ein paar spezielle Fragen zu bekommen. Nun machen Sie schon! Sagen Sie mir, was Sie wissen.«

Sie war ebenfalls aufgestanden. »Ich weiß überhaupt nichts.«

»Vorhin sagten Sie, jemand wäre Ihnen gefolgt. Versuchen Sie nicht, auf eigene Faust einen Mörder zu finden. Dabei geht es Ihnen nur an den Kragen.«

Sie war blaß. »Sagen Sie . . . sagen Sie mir nur, wer Sie beauftragt hat.«

»Ich hab' Ihnen doch gesagt, niemand.«

»Ich . . . ich glaube Ihnen nicht.«

»Na schön«, antwortete ich. »Aber ich kann nicht zulassen, daß Sie Kopf und Kragen riskieren. Zunächst müssen Sie die Polizei davon überzeugen, daß Sie nichts über Francesca wissen.«

Ich ging zum Telefon. Ihre Rechte fuhr in die Handtasche. Die kleine, silberbeschlagene Pistole vom Kaliber .22 sah wie ein Spielzeug aus. Ich bin kein größerer Feigling als die meisten Menschen, und die Chancen standen neunundneunzig zu eins, daß sie nicht schießen würde, und noch schlechter, daß sie traf.

»Stecken Sie das Ding weg«, rief ich. »Die Polizei wird . . .«

»Nein! Wie soll ich wissen, wen Sie wirklich anrufen? Ich weiß ja nicht, für wen Sie arbeiten, und aus welchem Grund!«

Ich griff nach dem Hörer. »Dann rufen Sie eben selbst an und –«

Es gab einen kleinen Knall, wie aus einer Spielzeugpistole. Aber das Projektil war kein Spielzeug. Ich weiß nicht wo die Kugel einschlug. Jedenfalls stand ich stocksteif.

»Bleiben Sie stehen«, flüsterte sie.

Sie nahm ihren Mantel auf, ging rückwärts zur Tür und verschwand. Ich gab ihr fünf Minuten, dann lief ich auf die Straße hinunter. An der Ecke fuhr gerade ein Taxi weg. Ich ging wieder nach oben. Es war kurz nach sieben. Wenn ich schnell fuhr, konnte ich um halb zehn in Dresden sein.

Ich versuchte, John Andera im Büro anzurufen, weil ich seine Privatnummer haben wollte. Er war tatsächlich noch da. Ich teilte ihm mit, was ich über Abram Zaremba und das Entwicklungsprojekt erfahren hatte. Daß ich nach Dresden führe, sagte ich ihm auch. Die Spesen würde ich mir später holen.

Meine alte Pistole packte ich zusammen mit ein paar anderen Sachen in eine Reisetasche. Dann ging ich mir einen Wagen mieten.

8

Dresden, eine recht banale Stadt mit einer Viertelmillion Einwohnern, liegt an den Ufern des breiten, flachen North Fork River, kurz oberhalb seiner Mündung in den Delaware. Die Stadt datiert in die Zeit vor der Revolution zurück; die Fabriken aus rotem Backstein stammen noch aus dem Industrieboom kurz vor dem Bürgerkrieg. Auch in jüngester Zeit hat Dresden wieder eine Blüte erlebt, dafür sorgten neue Schnellstraßen und andere Transportwege. Doch die moderne Leichtindustrie war nicht länger auf den Fluß angewiesen und siedelte sich im Hinterland der Stadt an.

Die alten Fabriken und die eigentliche Innenstadt sind zu einer Domäne der Armen, Alten und Schwarzen geworden. Die jüngeren Facharbeiter wohnen auf den Hügeln um die Stadt, die reicheren

Manager haben ihre Gipfel okkupiert. Die aufstrebende Provinzstadt greift jetzt weit in die Landschaft hinein, dort, wo vor kurzer Zeit noch Äcker und Wälder waren.

Kurz vor 22 Uhr 30 bog ich von der Schnellstraße ab. Knapp innerhalb der Stadtgrenze verlief die Autobahn im großen Bogen um einen weiten, dunklen See. Eine breite Teerstraße führte auf das Wasser zu, ich schlug sie ein.

Die Straße endete vor einem eingezäunten Blockhaus am sumpfigen Südufer. Jenseits des Sumpfgeländes konnte ich die Konturen eines Deiches erkennen, der das morastige Land zum offenen Wasser hin abschloß. In der Nähe des Blockhauses arbeitete eine riesige Pumpstation. Die Trockenlegung war in vollem Gang. Ein großes Schild verkündete: Stadtverwaltung Dresden – Abteilung für öffentliche Arbeiten. Entwässerungsstation Nr. 9.

Ich zündete mir eine Zigarette an und musterte die Landschaft vor mir. Nirgendwo ein Zeichen menschlicher Behausung, mit Ausnahme der Blockhütte.

Das Haus des Bürgermeisters lag ziemlich oben auf einem der schönsten Hügel der Stadt. Dunkelgrüne Rasenflächen umgaben die großen Villen aus Ziegeln oder Sandstein, die vor der Außenwelt mit schmiedeeisernen Gittern abgeschirmt waren. Manche Garagen verrieten noch deutlich die Herkunft aus jenen Tagen, da Pferde und Kutschen unter den Dächern standen. Das Haus der Crawfords, ganz im nachgemachten Tudorstil, gehörte zu den größten im Umkreis. Es stand näher an der Straße als die meisten anderen, und im Hintergrund konnte ich zwei Gartenhäuser erkennen. Das Anwesen strahlte die Würde sehr alter Familientradition aus. Die Luft roch förmlich nach Macht und Geld.

Das große Tor an der Einfahrt stand offen. Ich fuhr bis direkt vor das Haus – und hielt neben dem grünen Cadillac. Mir war sofort klar: Dies mußte der Wagen sein, den mein Verfolger in New York benutzt hatte. Irgend jemand war sehr unvorsichtig – oder sich seiner Sache ganz sicher. Ich stieg aus.

In einer erleuchteten Glasveranda stand eine Frau. Sie blickte hinaus in die Nacht wie des Leuchtturmwärters Tochter, die den Geliebten auf hoher See weiß. Als sie den Kopf wandte, erkannte ich Mrs. Katje Crawford. Ihre Augen blickten über mich hinweg. Die Züge zeigten eine Art entrückten Schmerzes, der nicht für die Öffentlichkeit bestimmt war. Es war wie der unverhoffte Einblick in eine streng abgeschirmte Privatlandschaft, freilich keine ergötzliche. Ihre Tochter, gerade zwanzigjährig, war tot.

Als ich auf das Haus zuging, kam ein Mann aus der Vordertür. Er war klein, kräftig gebaut und trug einen Kamelhaarmantel. Ich sah den scharfen Blick dunkler Augen und blendend weiße Zähne. Es war mein New Yorker Verfolger, den ich hatte dingfest machen wollen, kein Zweifel. Seine Haltung strahlte Arroganz aus, er stelzte durch die Gegend wie ein Hahn. Das dünne Lächeln der weißen Zähne reichte nicht bis zu den Augen.

»Suchen Sie was, Fortune?«

»Sie sind mir eins voraus«, erwiderte ich. »Muß ich raten?«

»Anthony Sasser. Sie scheinen im Krankenhaus nichts dazugelernt zu haben.«

»Nachdem Sie mich 'reinbrachten?«

Sein Gesicht zeigte nichts als Verachtung. »Sie sind wohl auf ein Geständnis aus? Ich hab' genausowenig gesehen, wer auf Sie schoß. Wollte Sie weiter beschatten, aber als Sie das Ding abbekamen, mußte ich aufgeben. Ich halte mich nicht gern in der Nähe von Zielscheiben auf.«

»Das sagen Sie.«

»Beweisen Sie mir doch was anderes.«

»Schließlich waren Sie mir auf den Fersen, haben mich zusammengeschlagen.«

»Klar, was denn sonst? Sie stellten mir eine Falle und waren bewaffnet. Ich hab's Ihnen nur heimgezahlt.«

»Warum beschatteten Sie mich?«

»Weil die Crawfords mich darum gebeten haben. Mich kannten Sie ja nicht. Die Crawfords wollten wissen, in wessen Auftrag Sie arbeiten. Das ist schließlich ihr Recht.«

»Niemand hat mich beauftragt, Sasser.«

»Das sagen Sie«, äffte er mich nach.

»Sie waren früher Profiboxer?«

»Ich? Wie kommen Sie darauf? Ich bin nichts als Geschäftsmann.«

»Sie standen nie im Ring? Ich kann das leicht nachprüfen.«

»Tun Sie's doch.«

Ich war sicher, daß er sich irgendwann einmal professionellem Boxtraining unterzogen hatte, so etwas bleibt in den Bewegungen hängen.

»Sieht aus, als wären Sie hier zu Hause«, sagte ich.

»Alter Freund der Familie. Und Geschäftsfreund.«

»Ist der Bürgermeister da?«

Im Dunkeln hatte ich den Eindruck, daß sein Gesicht plötzlich zu Stein wurde. »Nein, der hat eine Sitzung. Wollen Sie den Bürgermeister sprechen? Ich kann vorausfahren und Ihnen den Weg zeigen.«

»Für's erste genügt mir Mrs. Crawford.«

Daß ich mit Katje Crawford sprechen wollte, schien ihm gar nicht zu passen. »Gehen Sie vorsichtig mit Katje um, Fortune. Das hier ist unsere Stadt, meine Stadt. Nehmen Sie sich nicht zuviel vor, wenn Sie hier herumspionieren, und das auch noch ohne Auftraggeber.«

»Ich will nur bei der Suche nach dem Mörder helfen.«

»So?« Er ließ mich stehen und ging zu seinem Cadillac. Mrs. Crawford stand jetzt in der offenen Tür. Wir beide sahen Sasser nach, dann ging ich auf sie zu.

»Mr. Fortune, nicht wahr? Kommen Sie herein.«

Sie war in eine lange weiße Robe gehüllt, die das verquälte Gesicht und ihre vierzig Jahre noch deutlicher hervorhob. Sie sah jetzt eher älter aus, der sportliche Körper wirkte starr und verkrampft. Sie führte mich durch eine elegante Eingangshalle und ein Wohnzimmer, das wie eine hochvornehme Versammlungshalle aussah und doch nicht leblos anmutete. Das dunkelblonde Haar wippte zu ihren Schritten; sie trug es zu lang für ihr Alter – ein kleines Zeichen der Eitelkeit. Wir kamen in die verglaste Seitenveranda.

»Nehmen Sie Platz. Möchten Sie einen Drink?«

»Irischen Whisky, wenn Sie haben.«

Sie hatte und bereitete den Drink selbst zu. Bestimmt gab es Dienstboten, aber eine Patrizierin war darüber erhaben, wegen eines einzelnen Gastes dem Mädchen zu klingeln. Ich sah mich um. Sogar hier draußen war die Einrichtung antik und von erlesener Eleganz. Ich komme mir nicht oft wie ein Tölpel vor, aber in dieser Umgebung konnte ich mich des Gefühls nicht ganz erwehren. Wir sind hierzulande an Aristokratie eben nicht gewöhnt. Es gibt so wenig echte Aristokraten, und auch die heben sich immer weniger ab.

Sie brachte mir den Whisky. »So, und jetzt werden Sie mir doch sagen, wer Sie beauftragt hat.«

»Niemand«, erwiderte ich. »Ist Felicia schon wieder da?«

»Felicia?«

»Sie suchte mich heute abend in New York auf, bewaffnet mit einer Pistole. Anschließend lief sie weg. Meiner Ansicht nach will sie den

Mörder auf eigene Faust aufstöbern.«

Sie war in sich zusammengesunken. Schließlich stand sie auf und betätigte eine Klingel. Ein Dienstmädchen tauchte auf.

»Ist Miss Felicia zu Hause?«

»Nein, Madam. Sie fuhr heute nachmittag weg. Mit einem Koffer.«

»Danke, Paula.«

Das Mädchen verschwand. Katje Crawfords verkrampfte Hände verrieten, wie gern sie das Mädchen noch hunderterlei gefragt hätte, aber man behelligt Dienstboten nicht mit privaten Dingen. Sie saß ganz still da. Nach langer Zeit fragte sie leise: »Wie viele Töchter muß ich noch verlieren?«

Darauf gab es keine Antwort, und sie erwartete auch keine. Ich beschäftigte mich mit meinem Whisky.

»Ich glaube, Felicia weiß etwas«, brach ich schließlich das Schweigen.

Sie lächelte mich an, als wollte sie sich für ihre Unhöflichkeit entschuldigen. »Was sollte Felicia wissen? Sie hätte es uns gesagt.«

»Francesca hat ihr zweimal geschrieben, Mrs. Crawford. Und sie sollte es niemandem sagen.«

»Ach so. Sie denken an irgendwas, das in einem Brief stand? Aber Felicia hätte es uns gesagt, wenigstens jetzt.«

»Womöglich nicht. Wie Felicia sagt, kam sich Francesca vernachlässigt und ungeliebt vor. Vielleicht fühlt Felicia sich ihr gegenüber auch nach dem Tod zur Loyalität verpflichtet.«

Katje Crawford verzog schmerzlich das Gesicht. Ihre Gedanken spiegelten sich darin und in der Haltung des dynamischen, aktiven Körpers. Es war ein straffer, sinnlicher Körper, jünger als ihr eigentliches Alter. Sie wirkte auf mich ungemein anziehend und das widerfährt mir nicht oft bei der Arbeit; aber in diesem Fall konnte ich mich nicht dagegen wehren. Vielleicht hatte Francesca mehr von Katjes Art gehabt, als sie wahrhaben wollte. Zuviel?

»Ja, es stimmt«, sagte Katje Crawford. »Es war zum größten Teil meine Schuld, aber nicht nur. Francesca war schwierig, suchte immer Streit, ein typischer Dickschädel, wie Tony Sasser es nennt. Aber ich war den Zwillingen auch nicht eine so gute Mutter wie ich es dann bei den jüngeren Kindern versuchte. Eine junge Frau mit eigenen Interessen und einem Mann, der gerade seinen Weg macht, ist manchmal eine schlechte Mutter. Was kann ich jetzt noch tun, Mr. Fortune? Für Francesca nichts mehr. Wenn man ihren Mörder findet, hilft das weder ihr noch mir. Aber was kann ich für Felicia tun? Wo ist sie?«

»Helfen Sie mir, Francescas Mörder möglichst schnell aufzuspüren.«

Sie nickte. »Ja. Was wollen Sie von mir wissen?«

»Zunächst alles über Abram Zaremba und das Projekt am Black Mountain Lake.«

»Es geht um eine Wohnsiedlung, die dringend benötigt wird. Unsere Stadt wächst zu schnell. Was sollte ich sonst noch wissen?«

»Und Francesca war dagegen?«

»Ja. Sie war versessen auf Natur und Landschaftsschutz. Ist das jetzt noch wichtig?«

»Und Abram Zaremba?«

»Ich kenne ihn nicht persönlich, nur mein Mann. Steht alles das in Zusammenhang mit Francesca?«

»Sie wissen von der Sache mit Mark Leland?«

»Selbstverständlich. Wir haben selbst sofort daran gedacht, Mr. Fortune. Aber Leland wurde vor über drei Monaten ermordet. Francesca sah einen Mann von Lelands Auto weglaufen, konnte ihn aber nicht beschreiben. Leutnant Oster hat alles versucht, aber sie hatte einfach nicht genug gesehen. Irgendein gedungener Killer, meint der Leutnant.«

»Mark Leland befaßte sich kritisch mit dem Projekt am Black Mountain Lake, als er ums Leben kam.«

»Glauben Sie etwa, Francescas Tod hatte mit diesem Bauvorhaben zu tun? Ein paar hundert Hektar Sumpfland!«

»Sie kannte Mark Leland. Die beiden hatten sich oft unterhalten.«

»Dann fragen Sie doch Martin. Er kennt sich mit dem Projekt aus.«

»Dann ist da noch Frank Keefer. Es stand doch Ihrer Tochter nahe?«

Sie nickte. »Ich weiß, aber es war nie etwas Ernstes. Francesca spielte nur mit ihm, fühlte sich physisch von ihm angezogen. Er hatte wahrscheinlich mehr im Sinn, aber Keefer ist ein Narr mit grandiosen Ideen.«

»Sie gab ihm den Laufpaß, unmittelbar bevor sie hier wegging.«

»Wirklich? Das wußte ich nicht. Aber würde er sie deswegen umbringen? Sie war doch das Huhn, das ihm die goldenen Eier legen sollte. Warum sollte er sie töten?«

»Vielleicht weil er sie nicht haben konnte.«

Sie schwieg. Ich stand auf. »Wenn Felicia wiederkommt, halten Sie

sie fest und rufen Sie mich sofort an.«

Sie nickte.

»Wo kann ich Ihren Mann erreichen?«

»Er hat eine Sitzung im Rathaus. Er muß zu diesen Veranstaltungen gehen, aber mich langweilt das schrecklich.«

Ihr Gesicht zeigte Unmut, als dächte sie darüber nach, was sie sonst noch alles langweilte.

9

Das Rathaus lag in einem der ältesten Stadtteile, eine häßliche Steinburg in spätviktorianischem Stil. Es wurde von großen Scheinwerfern angestrahlt, und der Rasen vor dem Portal verriet gründliche Pflege.

Der Nachtportier meldete mich dem Bürgermeister. Zwei Negerinnen schrubbten schweigend die Steinfliesen in der Eingangshalle, die kalt und unwirtlich wirkte, als wollten die Stadtväter beweisen, daß sie das Geld der Steuerzahler nicht für frivolen Tand vergeudeten.

Der Bürgermeister erwartete mich in seinem Büro im zweiten Stock. Er war jetzt allein. Martin Crawford wirkte kleiner hinter dem schweren Schreibtisch in dem spartanisch eingerichteten Raum und sah müde aus.

»Bringen Sie mir Neuigkeiten, Mr. Fortune?«

Endlich einer in Dresden, der nicht zuerst wissen wollte, für wen ich arbeitete.

»Bedaure«, antwortete ich. »Wir haben wenig Anhaltspunkte.«

Er nickte. »New York hat einen Polizeibeamten geschickt. Ich weiß Bescheid.«

»Haben Sie von Felicia gehört?« erkundigte ich mich.

»Felicia?« Im gleichen Tonfall hatte seine Frau gefragt. Man sagt, daß sich Leute in langer Ehe sehr ähnlich werden. »Was soll ich von Felicia gehört haben? Sie hat doch damit nichts zu tun?«

Ich teilte ihm mit, was ich auch Mrs. Crawford gesagt hatte. »Was sie auch weiß oder zu wissen glaubt, auf jeden Fall ist sie so verängstigt, daß sie eine Waffe mit sich herumschleppt und keinem mehr traut.«

»Aber weshalb, um Gottes willen? Wegen Francesca?«

»Ich glaube schon. Irgendwas, das Francesca ihr gesagt hat und das sie Ihnen und Ihrer Frau vorenthielt. Ihre Frau gibt zu, mit den Zwillingen nicht sehr eng verbunden zu sein. Ging es Ihnen ebenso?«

Seine blauen Augen wurden stumpf, die glatte Miene des publikumswirksamen Politikers fiel in sich zusammen. Seine Züge spiegelten jetzt Verwirrung und Schwäche. War das ganze öffentliche Gebaren dieses Mannes nur Fassade?

»Ich war damals so oft geschäftlich in Albany, die Kinder habe ich ganz Katje überlassen. Und dann schien es zu spät, jedenfalls mit Francesca. Ich gab mir solche Mühe, sie besser zu verstehen, aber sie half mir nie dabei. Trotzdem, glaube ich, habe ich die beiden Zwillinge am meisten geliebt.«

Ich versuchte die direkte Methode. »Felicia könnte sehr wohl in Gefahr sein. Francesca ist schließlich nicht grundlos getötet worden, und solange der Mörder sich nicht sicher ist, ob und was Felicia weiß, wird er kein Risiko eingehen. Jedenfalls nicht, solange sie wild in der Gegend herumrennt.«

»Aber wie kann ich Ihnen denn helfen?« klagte Crawford. »Was soll ich Ihnen sagen?«

»Berichten Sie mir über Abram Zaremba und das Projekt am Black Mountain Lake.«

Er richtete sich auf, als hätte er ein neues Rückgrat bekommen. Alle Anzeichen von Unsicherheit und Schwäche waren verschwunden. Mir gegenüber saß jetzt wieder der erfolgreiche Politiker und Anwalt.

»Was geht Sie das an?«

»Es ging Francesca an, oder nicht? Schließlich bekämpfte sie das Projekt.«

»Naturfanatiker! Ein Haufen Halbwüchsiger und alter Frauen, die keinerlei Sinn für die Realitäten haben. Ein Bürgermeister muß vieles bedenken, Fortune. Nach meiner Überzeugung braucht die Stadt dieses Projekt. Die Wohnungsnot wiegt schwerer als alles andere. Ich habe mich entschieden, und so wird es gemacht, es sei denn, die Wähler geben mir den Laufpaß. Das wiederum ist ihr gutes Recht.«

Noch bevor er mit seiner Rede fertig war, ging zur Linken eine Tür auf. Anthony Sasser betrat schweigend den Raum. Ob er die ganze Zeit nebenan gelauscht hatte? Er bewegte sich mit der Sicherheit desjenigen, der sich zu Hause fühlt. Links neben mir nahm er sich einen Stuhl. Ich ignorierte ihn und widmete mich weiter dem Bürgermeister.

»Wer hatte sonst noch was gegen das Vorhaben, außer den Naturfanatikern? Vielleicht die Steuerzahler? Oder würden die nur wach, wenn sie wüßten, wie das Ding gedreht wurde? Aus öffentlichen Mitteln haben Sie den Damm gebaut, vielleicht haben Sie sogar Zaremba für den Boden bezahlt, auf dem der Damm steht. Dann haben Sie eine schöne Straße direkt zu Zarembas Blockhaus angelegt. Soll der Steuerzahler für die ganze Trockenlegung aufkommen? Für ein Unternehmen, das aus nutzlosem Land eine Goldmine macht?«

»Das Vorhaben wird streng nach den Richtlinien unserer Verwaltung abgewickelt«, erwiderte Crawford. »Grund und Boden ist hier sehr knapp. Zarembas Land wird auf diese Weise der Öffentlichkeit zugute kommen.«

»Aber zunächst einmal ihm selbst, und wie.«

Von links ließ sich Sasser vernehmen. »Abram Zaremba ist Geschäftsmann, er hat geschickt investiert. Alles ganz legal.«

»Sind Sie auch beteiligt?« fragte ich.

»Ich wollte, ich wäre es. Marty hat ganz recht. Das Projekt kommt allen zugute.«

»Mark Leland war da wohl anderer Auffassung.«

Sasser lehnte sich zurück. Im Büro des Bürgermeisters herrschte tiefes Schweigen. Ich hatte das Gefühl, auf Eierschalen zu gehen.

»Woher wollen Sie das wissen, Fortune?« fragte schließlich der Bürgermeister. »Nicht einmal die Polizei hat herausgefunden, was Leland hier in Dresden vorhatte. Wir fanden keinerlei Dokumente, und auch sein Partner hatte keine Ahnung, was Leland wirklich tat. Wenn Sie Informationen haben, dann sollten sie die Polizei und unsere Kommission zur Verbrechensbekämpfung davon in Kenntnis setzen.«

»Sie wissen also nicht, daß er Nachforschungen über das Projekt am Black Mountain Lake anstellte?«

»Nein«, sagte Crawford, »das wissen wir nicht. Warum sollte er auch? Es gibt da nichts nachzuforschen.«

»Leland sprach mit Francesca darüber. Hat sie es Ihnen nicht gesagt?«

»Nein, kein Wort.«

»Aber sie erzählte es Felicia.«

»Alles Hörensagen«, fiel Sasser ein. »Vielleicht hat Felicia das falsch aufgeschnappt. Meine Kommission hat keinerlei Hinweise dafür gefunden, was Leland hier trieb. Und an dem Projekt ist alles in Ordnung. Ich bin selbst nicht beteiligt, aber ich habe viel mit Commissioner Zaremba zusammengearbeitet. An Ihrer Stelle wäre ich mit voreiligen Anschuldigungen zurückhaltender.«

Seine Stimme klang sachlich, aber ich hörte die Warnung deutlich heraus. Auch Martin Crawford spürte das, und er versuchte mit seinem besten Lächeln, die Wogen zu glätten. »Wissen Sie, es gibt immer Verrückte, die hinter jedem öffentlichen Auftrag eine Riesenschweinerei wittern. Außerdem ist das publikumswirksam. Man gewöhnt sich in meinem Amt daran.«

»Dieser Verrückte war immerhin gefährlich genug, um aus dem Weg geräumt zu werden«, warf ich ein.

»Niemand«, sagte Sasser, »niemand weiß, warum er umgebracht wurde. Vielleicht war er ganz woanders in Schwierigkeiten geraten.«

»Dann war es also ein Zufall, daß er hier ermordet wurde? Und daß Francesca den Killer sah und jetzt ebenfalls tot ist?«

Crawford sprach mit Nachdruck. »Die Polizei und auch Tony hier haben Francesca ausgiebig verhört. Man hat ihr die ganze Verbrecherkartei vorgelegt. Nein, sie sah nichts als einen Mann, der weglief. Sie konnte niemanden identifizieren.«

»Und wenn sie nun mehr sah, als sie sagte? Oder wenn zumindest jemand das glaubte? Warum wollen Sie um alles in der Welt den Eindruck vermeiden, Francesca hätte etwas mit dem Projekt zu tun gehabt?«

»Ich stehe hinter diesem Projekt, Fortune. Wir brauchen die Häuser, die Wohnungen, und geeigneteres Land haben wir nicht. Ich muß mich da auf mein Urteil verlassen. Das Ganze ist ein normaler und völlig legaler Vorgang.«

Beide saßen da wie Buddhas.

Ich schlug ein anderes Thema an. »Erzählen Sie mir von Joel Pender. Er arbeitet für Sie?«

»Pender?« Crawford schien überrascht. »Ein niederer Angestellter, ganz nützlich für kleinere Aufgaben.«

»Und er ist schon länger bei der Stadt?«

»Ja, seit achtzehn Jahren. Als eine Art Bote. Dafür ist er gut, ein zuverlässiger Mann.«

»Würde er gern zu Ihrer Familie gehören?«

»Zu meiner Familie? Was, zum Teufel . . .«

Sasser fiel ein. »Er meint Francesca und Frank Keefer. Weißt du, Marty, Keefer war sehr hinter Fran her.«

Crawford beobachtete mich genau. »Denken Sie etwa, Keefer könnte Francesca umgebracht haben? Oder Pender? Das ist doch grotesk!«

»Als es passierte, war Keefer in New York. Und sie hatte ihm unmittelbar vor ihrer Abreise den Laufpaß gegeben. Pender hatte Streit mit ihr. Sie konnte den Leuten ganz schön auf die Nerven gehen, nicht wahr?«

»Eine scharfe Zunge hatte sie schon«, gab Crawford zu. »Aber wenn Keefer so auf sie aus war, warum sollte . . .«

»Männer verlieren manchmal den Kopf. Oder begehen Fehler.«

»Dann stellen Sie doch Nachforschungen an, Fortune. Bringen Sie Ergebnisse!«

»Wie kommen Sie auf die Idee«, erkundigte sich Sasser, »daß das Motiv hier in Dresden liegt? Immerhin war Fran drei Monate von zu Hause weg. Ein wildes Gör.«

»Bevor sie ging, hat irgend etwas sie sehr mitgenommen. Außerdem war da die Verbindung zu Leland und dem Projekt am See.«

Martin Crawford beugte sich weit vor. »Hören Sie genau zu, Fortune. Wir wissen nicht, aus welchem Grund Leland umgebracht wurde. Aber was es auch war, soviel steht fest: Die Sache hörte mit Leland auf. Drei Monate sind vorbei, und keine Spur von dem Mörder. Leland hatte einen Partner, George Tabor. Niemand hat versucht, sich an Tabor heranzumachen. Wenn Francesca oder Tabor etwas gewußt hätten, meinen Sie, der Mörder hätte sie dann drei Monate lang ungeschoren gelassen? Und glauben Sie, ich würde einen Vorgang decken, der meiner Tochter den Tod gebracht hat? Glauben Sie das wirklich?«

»Wie soll ich wissen, wen Sie decken würden?«

Beide sahen mich schweigend an.

10

In einem Motel, nicht weit vom Black Mountain Lake, besorgte ich mir ein Zimmer. Von dort rief ich George Tabor an, dessen Nummer im Telefonbuch stand. Obwohl es spät war, kam er sofort an den Apparat. Ich stellte mich vor und sagte, ich müßte mit ihm über Mark Leland reden.

Seine Stimme klang unpersönlich. »Ich kann Ihnen nichts sagen. Ich weiß nichts. Das habe ich auch der Polizei mitgeteilt.«

»Es geht jetzt um zwei Morde, Tabor. Ihr Partner hatte Verbindung mit Francesca Crawford, und die ist jetzt tot. Ich muß wissen, was er mit ihr vorhatte.«

»Sie für seine Ziele einzuspannen, natürlich«, kam die ausdruckslose Stimme vom anderen Ende. »Er hat alle für seine Ziele eingespannt.«

»Trotzdem muß ich mit Ihnen reden.«

Ich hörte seinen langsamen, regelmäßigen Atem. »Okay. Dann kommen Sie eben.« Er nannte mir die Adresse.

Ich holte die alte Pistole aus der Reisetasche. Schließlich war Tabor Kompagnon von Mark Leland gewesen.

Tabor wohnte in einer mittelguten Gegend: große Apartmenthäuser im Grünen. Hier waren junge, aufstrebende Angestellte zu Hause und halbwegs erfolgreiche, kleine Geschäftsleute, die es nicht viel weiter bringen würden. Tabors Wohnung lag im zweiten Block, dritte Etage.

Er war ein hochgewachsener, dünner Mann mit dem unsicheren Blick eines Handelsvertreters, dem der große Wurf nicht gelingen wollte. Wortlos ging er mir voran in das Wohnzimmer. Der Fernseher lief: ein Footballspiel. Auf einem kleinen Tisch neben dem Sessel stand eine Dose Bier. Tabor setzte sich, den Blick auf die Mattscheibe geheftet. Ich sollte Platz nehmen, bedeutete seine vage Geste. Ich nahm den Sessel neben ihm. »Die Jets führen«, erklärte er. »Dauert nicht mehr lange.«

Auf dem Bildschirm schlug ein Verteidiger einen langen Paß nach vorn. Tabor nippte am Bier und lehnte sich vor.

»Sie arbeiteten mit Leland zusammen?« fragte ich. »Führten Sie Ermittlungen wegen des Projekts am Black Mountain Lake?«

»Ich weiß nicht, was Mark trieb. Verdammt!«

Der Fluch galt den Jets, deren Angriff abgeblockt worden war. Beide Mannschaften tauschten Spieler aus.

»Sie waren sein Partner, und wollen nicht gewußt haben, woran er arbeitete?«

»Wir brauchen eine bessere Hintermannschaft«, brummte er. Dann zu mir: »Mark war auf Publicity aus, wollte für ein politisches Amt kandidieren. Er arbeitete für sich allein.«

»Nicht für einen Klienten oder eine bestimmte Gruppe?«

Auf dem Bildschirm kam die obligatorische Reklame-Einlage, aber Tabor wandte den Blick nicht ab. »Nein«, sagte er nur.

»Warum wandte er sich an Francesca Crawford?«

»Davon weiß ich nichts.«

»Also können Sie mir gar nicht weiterhelfen?«

»Da! Bitte sehr, weiter so, lauf, Junge!« Er zappelte in seinem Sessel, kämpfte sich mit seinen Idolen durch die gegnerische Abwehr. »Ich arbeite jetzt nur noch an zivilrechtlichen Fällen, Konzernsachen und so. Keine politischen Affären.«

»Also haben Sie Lelands Arbeit aufgegeben? Ein schneller Entschluß, muß ich sagen.«

»Treffer!« jubelte Tabor und wandte sich mir mit funkelnden Augen zu. Ich sah nicht einmal hin. Sein Blick wurde unsicher. »Ich bin kein Held, Mr. Fortune. Mark ist tot und begraben.«

»Und vergessen?«

Tabor beobachtete den Anstoß. Hinter uns ging die Wohnungstür. Ich hatte keinen Schlüssel im Schloß gehört; die Tür mußte einen Spalt offengeblieben sein. Ich drehte mich um. Abram Zaremba stand im Zimmer, allein.

»Raus«, sagte Zaremba.

Das hatte nicht mir gegolten. George Tabor trat zum Schrank, holte einen Mantel und ging wortlos aus seiner Wohnung. Zaremba stellte den Fernseher ab.

Er setzte sich und sah mich an. »Für wen arbeiten Sie, Fortune?«

»Also haben Sie sich Tabor gekauft«, stellte ich fest. »Haben ihm Arbeit zugespielt.«

»Tabor habe ich mir gekauft«, bestätigte er. »Und jetzt sind Sie dran. Wieviel?«

»Wofür?«

»Für den Namen Ihres Klienten. Und dafür, daß Sie verduften.«

»Ich habe keinen Klienten. Ich tue das für Francesca, weil ich sie gern mochte.«

»Die haben Sie das erstemal gesehen, als sie im Leichenschauhaus lag.«

»Wenn Sie soviel wissen, dann wissen Sie auch, was sie in New York wollte. Wer sie war, was sie tat, alles. Sie hielten das Mädchen unter Beobachtung.«

»Ich beobachte alles, was mein Geschäft angeht.«

»Wie zum Beispiel Mark Leland? Den auch, Zaremba?«

»Für Sie Commissioner«, gab er zurück. »Und reden Sie keinen Stuß.«

Er lehnte sich vor und schlug mir mit dem Handrücken hart über den Mund. Ich sprang auf, die Faust geballt, bereit zum Schlag, ein automatischer Reflex. Aber ich schlug nicht zu, stand nur da. Er lächelte.

»Wollen Sie mir ans Leder, Fortune? Nur zu. Sehen Sie, ich trage nicht mal eine Waffe.« Er öffnete zum Beweis die elegante Jacke.

»Außerdem bin ich allein, nicht wahr? Also los, worauf warten Sie?«

Ich bewegte mich nicht von der Stelle. Plötzlich hatte ich das Gefühl, von Türen und Fenstern umgeben zu sein, hinter denen seine Männer lauerten. Ich spürte ein Prickeln im Nacken. Zaremba vor mir sah wie eine satte Katze aus.

»Na los, ich bin doch kein Gegner für Sie. Mich schaffen Sie auch mit einem Arm. Außerdem haben Sie doch ein Schießeisen in der Jacke. Warum riskieren Sie's nicht? Vielleicht bin ich wirklich allein.«

Ich war sogar geneigt, ihm zu glauben, aber konnte ich das Risiko eingehen? Nein. Seine Leute konnten hinter jeder Tür stecken, hinter jedem Fenster. Das ist das Geheimnis, warum Leute wie Zaremba immer Oberwasser haben – man hat Angst vor dem, was sie tun könnten.

Ich sah ihn an. »Tot nütze ich Ihnen nichts. Jedenfalls noch nicht.«

Er nickte. »Gar nicht so falsch. Aber besser still und tot, als laut und lebendig.«

»Soll das eine Warnung sein?« Meine Kehle war trocken.

»Ich habe es nicht nötig, jemanden zu warnen.« Er sah mich verächtlich an. »Warnungen machen nur den Gegner auf die Gefahr aufmerksam. Wenn ich zuschlage, Fortune, gibt es vorher keine Warnung. Ich warne auch Sie nicht. Ich biete Ihnen einfach an, Sie für gewisse Informationen zu bezahlen. Was ich tun werde, wenn Sie sich weigern, habe ich noch nicht entschieden. Es kommt darauf an, was Sie wirklich wissen, und das ist schwer zu sagen. Nennen Sie mir nun den Namen?«

»Vielleicht. Wenn ich auch etwas dafür bekomme, und ich meine nicht Geld.« Ich machte eine Pause, um das wirken zu lassen. »Daß Francesca Crawford in New York war, wußten Sie. Sie hatte es dort offensichtlich auf ältere Männer abgesehen. Machte sie sich auch an Sie heran, Zaremba? Und haben Sie ihr über irgendwas zuviel erzählt? Oder waren Sie etwa verliebt in sie, und Francesca gab Ihnen den Laufpaß?«

»Lassen Sie doch das Raten, Fortune.«

»Vielleicht brachten Sie Mark Leland um – oder wußten, wer es tat? Und Francesca wußte das auch?«

Er rutschte jetzt unruhig im Sessel hin und her, als ob er sich über den nächsten Zug nicht klar sei. »Also gut, Fortune, ich will Ihnen reinen Wein einschenken, ausnahmsweise. Ich werde das Gefühl nicht los, daß mich jemand als Schachfigur gebraucht, verstehen Sie? In einer Privatangelegenheit.«

»Daß jemand Sie benutzte, um Francesca umzubringen?«

Er beobachtete mich genau. »Wissen Sie was? Ich frage mich, ob Sie überhaupt eine Ahnung von dem Ganzen haben. Und einen Klienten. Sie schießen wild in der Gegend herum, werfen mit Beschuldigungen um sich. Hoffen Sie auf einen Zufallstreffer?«

»Wenn Sie das nur genau wüßten«, gab ich zurück. »Solange können Sie nichts gegen mich unternehmen, nicht wahr? Patt!«

»Sind Sie da so sicher?«

»Hundertprozentig.« Auch ich konnte bluffen.

»Gut. Trinken wir jetzt einen, und dann reden wir von Mann zu Mann, okay?«

Er verschwand in der Küche. Als er wiederkam, trug er eine Kognakflasche und zwei Gläser. Ich konnte sehen, wie er den Brandy eingoß, aber er hielt die Gläser mit der Hand verdeckt. Wie sollte ich sagen, ob er vorher, in der Küche, etwas hineingeschüttet hatte? Lächelnd gab er mir ein Glas. Ich betrachtete prüfend die braune Flüssigkeit. Der scharfe Brandygeruch verdeckte alles andere, sofern es etwas zu verdecken gab.

»Trinken Sie, Fortune.« Er lächelte immer noch.

Er wußte genau, was er tat. Weigerte ich mich zu trinken, hatte ich im Handumdrehen seine Leute am Hals, sofern welche da waren. Mir blieb nichts anderes übrig, als darauf zu setzen, daß er bluffte. Ich trank aus.

»Ein mutiger Kerl sind Sie«, kam seine Stimme.

Der Brandy schmeckte eigenartig.

»Bleiben Sie ganz ruhig, entspannen Sie sich.« Er schnurrte zufrieden. »Ich mußte sichergehen, verstehen Sie?«

Ich setzte mich. Sein Gesicht vor mir verlor die Form, floß langsam auseinander. Er verschwand hinter einer Nebelwand. Ich wollte aufstehen, fiel zur Seite, lag auf dem Boden. Er bluffte nur, es war eine harmlose Droge.

Natürlich ... bluffte ... er nur.

Er bluffte ...

11

Mühsam schlug ich die Augen auf und sah gedämpftes Licht. Es kam aus einem anderen Zimmer. Mein Kopf schmerzte entsetzlich.

Kopfschmerzen?

Ich lebte! Nur eine harmlose Droge ...

Warum das Ganze? Um mich irgendwohin zu schaffen, natürlich. Also, wo war ich? Ich sah auf die Uhr. Elf? Es war offensichtlich Nacht, und sofern ich nicht über vierundzwanzig Stunden bewußtlos gewesen war, konnte es sich nur um ganz kurze Zeit gehandelt haben. Dann konnte man mich auch nicht weit gebracht haben. Ich setzte mich auf.

Man hatte mich nirgendwohin gebracht. Derselbe Fernsehapparat starrte mich an wie ein Zyklopenauge. Dasselbe Zimmer, Abram Zaremba saß grinsend im selben Sessel. Nur die Lampe war ausgeschaltet, das einzige Licht fiel aus der Küche. Ich stand auf, schwankte auf Gummibeinen.

»Okay, Zaremba. Also, Sie haben mir einen Knockout-Trank verpaßt. Wozu? Um mir zu zeigen, daß Sie mich jederzeit umbringen können?«

Ich glaube, in diesem Augenblick haßte ich den Kerl wie sonst niemanden auf der Welt. Wie er dasaß und mich beobachtete! Er genoß es wohl, mich zittern zu sehen.

»Verdammt noch mal, Zaremba, haben Sie mich nicht gehört?«

Aber er grinste nur – und dann sah ich das Blut.

Ich hielt mich am Tisch fest. Blut überall auf der weißen Hemdbrust. Er hatte mich nicht gehört, nein, er hörte überhaupt nichts mehr. Zaremba saß tot in seinem Sessel, mit dem starren Grinsen einer Leiche.

Der Tisch war meine einzige Stütze. Ich atmete tief, um den Kopf klar zu bekommen, dann trat ich vorsichtig näher und berührte ihn. Die Totenstarre hatte noch nicht eingesetzt, also weniger als eine halbe Stunde. Blut war auf den Boden unter dem Sessel getropft, aber sonst entdeckte ich nirgends Flecken. Jemand, den er kannte? Gestorben im Sessel, ohne eine Vorahnung der Gefahr?

Und ich bewußtlos auf dem Boden, keine zwei Meter entfernt? Hatte sich der Killer gar nicht um mich gekümmert, war ich ihm völlig gleichgültig gewesen? Oder hatte er mich zum Südenbock für seinen Mord ausersehen?

Ich begann, das Zimmer methodisch abzusuchen, den Boden, die Möbel. Meine Beine fühlten sich allmählich standfester an, aber ich fand nicht das Geringste von Bedeutung. Es blieb mir nichts übrig, als die Polizei anzurufen. Ich hatte die Hand schon auf dem Hörer, als ich draußen Schritte hörte und einen Schlüssel im Schloß. Als George

Tabor ins Zimmer trat, hatte ich die Pistole bereit. Er blieb stehen und zwinkerte erstaunt.

»Fortune? Sie immer noch ...«

»Also hatten Sie mich jetzt woanders vermutet?«

Tabor vergaß, den Mantel auszuziehen. »Zaremba sagte, er würde Sie mitnehmen, um mit Ihnen zu reden.«

»Hatten Sie ihn auch gefragt, auf welche Weise er mit mir ›reden‹ wollte?«

»Nein.«

Über die Pistole in meiner Hand schien er sich weiter keine Gedanken zu machen. Er ging zum Fernseher, stellte ihn an, als wäre sein ganzes Bewußtsein auf die kleine, problemlose Welt des Schirms fixiert. Keine Enttäuschungen, keine Traumas, Glück und Lebensfreude allein vom Fernsehen – eine Freundin, die ihn nie im Stich lassen würde.

»Sie müssen furchtbare Angst vor Zaremba gehabt haben«, sagte ich.

»Ja, große Angst.« Seine Augen hingen am Bildschirm. »Ich denke realistisch und ...«

Plötzlich ging ihm auf, daß ich in der Vergangenheit gesprochen hatte. Er drehte sich um, suchte mit den Blicken das Zimmer ab. Ich hätte eigentlich nicht mehr hier sein sollen. Wenn, dann ... Er sah den Toten im Sessel.

»Sie haben ihn getötet«, stellte er fest. »Sie haben ...«

»Nein, nicht ich. Warum sollte ich? Ich bin auf Auskünfte angewiesen, und Tote können nicht reden. Notwehr, könnte man vermuten, aber Zaremba war nicht bewaffnet, außerdem muß er allein gewesen sein. Aber Sie, Tabor? Sie hatten Angst vor ihm. Und als Sie gerade 'reinkamen, mußten Sie Ihren Schlüssel benutzen. Also hatten Sie die Tür verschlossen, als Sie vorhin gingen. Mit anderen Worten, Tabor: Wer außer Ihnen hätte schon hereinkommen und ihn töten können?«

»Ich?« Er starrte den Toten immer noch wie versteinert an, als hätte er Angst, Zaremba könne plötzlich aufstehen und ihn fertigmachen. »Abgeschlossen – die Tür? Ich weiß nicht. Hab' ich abgeschlossen? Ich ...«

Er unterbrach sich und starrte mich an. Offensichtlich ging ihm erst jetzt auf, was ich gemeint hatte. »Ich? Ich hab' ihn nicht umgebracht. Ich war doch gar nicht hier. Bin eben erst wiedergekommen!«

»Woher?«

»Woher? Bin ’rumgelaufen, irgendwo auf einen Drink. In einer Kneipe, weiß nicht mehr, welche. Ein paar Ecken weiter.«

Tabor starrte den toten Geschäftsmann an, ließ dann den Blick wieder zum geliebten Fernseher wandern, wo gerade ein grinsender Sprecher belanglose Neuigkeiten verkündete. In Tabors Augen stand die Sehnsucht nach dem sicheren Hafen.

»Wollen Sie nicht lieber auspacken?« drang ich in ihn. »Bevor Zarembas Freunde auftauchen? Die denken am Ende dasselbe wie ich.«

»Ich hab’ ihn nicht umgebracht, Fortune, das schwöre ich! Er gab mir Arbeit, ich war für ihn keine Gefahr. Ich wußte, daß Mark sich um das Projekt am Black Mountain Lake kümmerte, aber meines Wissens war er kein Stück weitergekommen. Es war alles ganz legal. Mark sagte, Zaremba verdiene dran und die Sache sei faul, und wenn er genug Staub aufwirbeln könnte, gäbe es vielleicht eine formelle Untersuchung. Aber er hatte nichts vorzuweisen.«

»Und warum klemmte er sich hinter Francesca Crawford?«

»Weil sie die Tochter des Bürgermeisters war. Für Mark gute Publicity. Sie war von vornherein gegen das Projekt gewesen. Er wollte ihr einreden, daß ihr Vater sich zumindest eine unmoralische Handlungsweise zuschulden kommen ließ. Außerdem wußte Mark irgendwas aus Crawfords Vergangenheit.«

»Was?«

»Das weiß ich nicht. Und auch er war sich nicht sicher. Deutete nur an, daß in Crawfords Vergangenheit irgendwas faul war.«

»Zeigen Sie mir Ihre Hände«, forderte ich ihn auf.

Sie waren nicht gerade sauber, wiesen aber keine Blutspuren auf. Auch an seinen Kleidern konnte ich kein Blut entdecken, was nicht viel beweisen mochte.

»Also sind Sie nur ’rumgelaufen und irgendwo eingekehrt?«

Tabor nickte. »Dann stand ich noch eine Weile draußen vor dem Haus. Weder Sie noch Zaremba kamen ’raus. Es kam überhaupt niemand, außer . . . ja doch, eine Frau kam aus dem Haus.« Er blickte aus seinem Sessel zu mir auf. »Ungefähr zehn Minuten, bevor ich ’raufkam, sah ich eine Frau aus dem Haus gehen. Ich konnte nicht viel erkennen. Sie trug eine Tweedjacke und ging schnell, ihr Gang wirkte irgendwie jung, wahrscheinlich eine jüngere Frau, recht sportlich, würde ich sagen.«

Eine Frau, jung und sportlich. Felicia? Celia Bazer? Oder Katje

Crawford, Grace Dunstan? Auch sie wirkten im Dunkeln jung.

Ich ging zum Telefon und rief die Polizei an. Schließlich war Tabor da, und ich konnte nicht einfach weglaufen. Jawohl, sie würden sofort kommen. Ich legte auf.

George Tabor saß vor dem Fernseher, hatte den Mantel noch an, war in einer anderen Welt. Er ritt mit einem Cowboy durch die bizarre Landschaft des Wilden Westens. Ich schloß mich den beiden an.

12

Ich saß mutterseelenallein im Büro von Leutnant Oster und kämpfte gegen den Schlaf. Seit sie Tabor und mich ins Polizei-Hauptquartier von Dresden gebracht hatten, wartete ich hier auf die Rückkehr von Oster, dem Chef der Mordkommission, und auf Sergeant Jonas von der New Yorker Polizei. Beide waren noch am Tatort. Als sie endlich kamen, war es nach ein Uhr morgens. Oster setzte sich hinter seinen Schreibtisch, Jonas lehnte an der Wand.

»Berichten Sie noch mal von vorn«, forderte Oster mich auf.

Ich spulte meine Story ab. »Wer Zaremba auch umgebracht hat, er hielt mich für tot, oder es war ihm egal.«

»Oder Ihre Geschichte ist frei erfunden«, meinte Oster.

»Wir haben kein Messer in der Wohnung entdeckt«, erinnerte ihn Sergeant Jonas.

»Messer kann man schnell loswerden«, beharrte Oster.

»Zaremba wurde erstochen?« Mein Hirn war immer noch umnebelt.

Oster nickte. »Ein einziger Stich. Ins Herz. Nach Auskunft des Arztes war er auf der Stelle tot. Er kam nicht mehr aus dem Sessel hoch.«

»Der gleiche Befund wie bei Francesca Crawford«, stellte ich fest.

Oster sagte: »Aber Sie waren mit Zaremba allein.«

»Und wie lautet mein Motiv?«

»Vielleicht Angst? Das könnte reichen«, meinte Oster. »Schließlich kennen wir Sie nicht. Womöglich arbeiten Sie für den Mörder. Wer ist Ihr Klient?«

Ich hatte Andera versprochen, ihn zu benachrichtigen, bevor ich seinen Namen der Polizei preisgab. Aber wenn wir alle unsere Versprechen halten könnten, lebten wir in einer besseren Welt. Ich konnte nicht wissen, ob Andera auch diesmal ein Alibi hatte. Doch in dem Bemühen, ihn herauszuhalten, war ich inzwischen so weit gegangen wie ich nur konnte.

»Er heißt John Andera und ist Vertreter für Marvel-Büroausstattungen in New York. Ich habe nur die Nummer seines Büros.«

Ich nannte sie ihnen, und Sergeant Jonas ließ sich mit New York verbinden. Währenddessen berichtete ich Oster, welchen Grund mir Andera angegeben hatte, als er mich engagierte. Ein Mann, der in ein Mädchen verliebt war, nicht mehr und nicht weniger. Oster bemühte sich, das zu verdauen.

»Tabor bleibt bei seiner Aussage«, erklärte er schließlich. »Er will eine Frau gesehen haben. Fällt Ihnen dazu was ein?«

In meinem Armstumpf fühlte ich wieder den alten nagenden Schmerz. Vielleicht Nachwirkungen der Droge, vielleicht aber auch nur Ausdruck des unguten Gefühls, an etwas denken zu müssen, das man lieber verdrängt hätte.

»Felicia Crawford«, sagte ich nach einer Weile, und dann berichtete ich Oster über ihren Besuch bei mir in New York. »Womöglich ist sie wieder in Dresden.«

»Sie hatte also eine Waffe? Niemand hat sie als vermißt gemeldet. Und warum hätte sie Abram Zaremba umbringen sollen?«

»Vielleicht glaubte – oder wußte – sie, daß er der Mörder Francescas war?«

Jonas war mit dem Telefonieren fertig. In New York versuchten sie, meinen Auftraggeber zu überprüfen.

»Oder«, fuhr ich fort. »nehmen wir Celia Bazer. Sie und Francesca hatten sich mit demselben Mann eingelassen. Aus diesem Grund haben sich Frauen schon häufiger gegenseitig umgebracht. »Oder Männer sich einer der beiden Frauen entledigt. Am Ende wußte Zaremba, wer Francesca ermordet hatte, und versuchte, etwas Druck auszuüben.«

»Wer war der Mann, mit dem sich beide eingelassen hatten?« wollte Oster wissen.

»Frank Keefer.«

»Wir werden das überprüfen. Sonst noch was, Fortune?«

»Mrs. Katje Crawford. Ihre Tochter ist schließlich umgebracht worden.«

»Also wieder das Lied: Zaremba war der Mörder Francesca Crawfords.«

»Aus irgendeinem Grund muß er doch erstochen worden sein, Leutnant.«

»Okay, ich werde mich um die drei Frauen kümmern«, versicherte Oster.

»Sagen wir vier«, fiel ich ein. »Es gibt da noch eine gewisse Mrs. Grace Dunstan in New York. Ich sehe bis jetzt keine Querverbindung zu Zaremba, aber mit Francesca hatte sie zu tun.«

Jonas ging wieder ans Telefon. Oster schloß die Augen.

»George Tabor hat keine Eile, hier wieder 'rauszukommen«, meinte er schließlich. »Er scheint sich im Gefängnis geradezu wohl zu fühlen. Zufrieden und sicher.«

»Auch mit einem toten Zaremba ist nicht zu spaßen. An Tabors Stelle hätte ich auch Angst. Leland war sein Partner, und der setzte alle Hebel in Bewegung, ein Projekt Zarembas zu sabotieren.«

»Das Vorhaben ist durch und durch legal«, versicherte Oster. »In drei Monaten Arbeit haben wir nicht die geringste Querverbindung zwischen Leland und Commissioner Zaremba gefunden.«

»Zaremba hat das gut gedreht«, antwortete ich. »Aber Sie wissen trotzdem Bescheid.«

»Ich lebe und arbeite hier, Fortune. Mein Gehalt kommt vom Bürgermeister. Mein Augenmerk gilt Verbrechen, nicht öffentlichen Angelegenheiten.«

»Mögen Sie Ihren Job?«

»Die letzten fünfzehn Jahre hatte ich nichts dran auszusetzen.«

»Und wie beurteilen Sie Mark Leland?«

»Ein Mann, der sich politisch eine Scheibe abschneiden wollte. Ein solcher Mann schafft sich viele Feinde. Er ist in seinem Wagen erstochen worden, auf öffentlicher Straße. Seine Brieftasche war nicht aufzufinden. Vielleicht erwischen wir irgendwo einen Landstreicher mit dem Ding. Oder wir lösen den Fall nie, kann auch sein.«

»Es gab eine Zeugin.«

Oster schüttelte den Kopf. »Francesca Crawfords Beschreibung könnte auf zehntausend Verdächtige zutreffen. Wir folgten jedem Hinweis, den sie zu bieten hatte. Tabor wußte nichts über Lelands Aktivitäten, Zaremba hatte ein Alibi, und mit dem Wohnungsprojekt ist alles in Ordnung.«

»Francesca hatte eine Unterredung mit ihrem Großvater, unmittelbar bevor sie von hier verschwand. Wie starb der Großvater, Oster?«

»Im Bett, wie die meisten Großväter.« Oster wurde allmählich wütend. »Emil van Hoek war zweiundachtzig und hatte ein äußerst schwaches Herz. Er schwebte seit Jahren in akuter Lebensgefahr. Hören Sie doch endlich auf mit Ihren wilden Verdächtigungen!«

»Was haben wir denn bisher?« resümierte ich. »Dreimal Tod durch

Erstechen, einmal Ableben aus natürlichen Gründen. Die Morde müssen irgendwie zusammenhängen. Wenn nicht im geschäftlichen Bereich, dann liegt die Erklärung vielleicht im Privatleben der Betroffenen. Und dazu gehört auch der Großvater.«

Sergeant Jonas, vom Telefon zurück, machte sich wieder bemerkbar. »Die andere Möglichkeit hieße: Krach in Zarembas Organisation.«

»Zaremba war Geschäftsmann und nicht Boss einer Gangsterbande«, gab Oster zu bedenken.

»Und diese Geschäfte waren immer legal?« fragte ich.

»Soweit mir bekannt ist, ja; jedenfalls hier oben. Na gut, wenn ein Mann wie Zaremba ins Gras beißen muß, denkt man unwillkürlich an Machtkämpfe. Aber das hier hat einen anderen Beigeschmack. Brutaler Mord – und Fortune, zufällig am Tatort, bleibt am Leben. Nein, die Sache ist mir zu impulsiv und grobschlächtig. Dahinter steckte kein Plan. Hätte der Mord sozusagen geschäftliche Hintergründe, dann wäre er bis ins Letzte ausgetüftelt und vor allem keine potentiellen Zeugen am Leben gelassen worden.«

Ich bekam langsam Hochachtung vor Oster. Er war ein weit besserer Polizist, als ich zunächst angenommen hatte. Und er hatte wohl recht mit seiner Theorie.

»Also Haß«, übersetzte ich. »Und nicht Habgier.«

»Es sieht aus wie eine Privataffäre«, gab auch Sergeant Jonas zu.

»Jeder hat irgendwo sein Privatleben«, steuerte ich bei.

Wir grübelten über unseren letzten Erkenntnissen, als das Telefon läutete: New York für Jonas. Er brauchte nicht lange. Und danach setzte er sich.

»Grace Dunstan ist nicht in New York«, berichtete er. »Nach Auskunft ihres Mannes besucht sie Verwandte in New Haven. Er selbst kam gerade erst vor einer halben Stunde nach Hause. Ihren Klienten, Dan, haben wir nicht aufstöbern können. Sein Büro sagt, er ist geschäftlich in Philadelphia. Wir mußten den Manager aus dem Bett holen. Andera wird erst morgen früh zurückerwartet. Seine Wohnung steht unter Beobachtung.«

Es gab für mich nichts weiter zu tun. Ich war fix und fertig; die Droge wirkte immer noch nach. Ich überließ Leutnant Oster und Sergeant Jonas ihrem grübelnden Schweigen, fuhr in mein Motel und ließ mich wie ein Stein aufs Bett fallen.

13

Es war ein grauer Morgen; Regen hing in der Luft, die nach Fichtennadeln duftete. Ich tastete nach einer Zigarette, Abram Zaremba hatte mich bis in meine drogenschweren Träume verfolgt. Abram Zaremba: Er hatte mich geschlagen, und ich hatte nicht den Mut gehabt, mich zu wehren, aus Angst, seine Leute könnten im Nebenzimmer lauern. Und ich hatte den Brandy getrunken, mir krampfhaft eingeredet, er könne nicht vergiftet sein. Anstatt ihm das Zeug ins Gesicht zu schütten. Ich hatte mich erniedrigen lassen und war im Staub gekrochen wie ein Wurm.

Aber man lebt auch mit seinen Niederlagen weiter. Zaremba zumindest konnte sein Gift nicht mehr verspritzen; vor ihm würde niemand mehr im Staub liegen. Am Ende hatte ich doch gewonnen – ich lebte. Aber wer hatte die Schlange getötet? Da kamen viele in Frage, alle Menschen, mit denen er irgendwann zu tun gehabt hatte. Aber ebensowenig wie Leutnant Oster konnte ich daran glauben, daß sein Tod der Ausfluß seiner »Geschäftsgebaren« war oder gar das Ergebnis eines Machtkampfes. Zaremba war in seiner ganzen Arroganz allein vor mich hingetreten. Und er war allein gestorben, ohne seine Helfershelfer um sich zu haben. Er hatte die Gefahr nicht geahnt, oder er wäre gerüstet gewesen.

Ich raffte mich auf und duschte ausgiebig, teils um mich zu erfrischen, aber auch, weil ich davor zurückscheute, die Spur vom Vortag wieder aufzunehmen. Tabor wollte eine Frau gesehen haben, eine junge Frau, wie er meinte. Und irgendwo trieb sich Felicia Crawford herum. Falls sie es war, die den Mörder ihrer Schwester umgebracht hatte, lag mir nichts daran, sie zur Strecke zu bringen. Aber ehe ich sie nicht fand, wußte ich das nicht.

Ich zog mich an, steckte die alte Pistole ein und ging frühstücken. Dann schlug ich die Adresse der Freundin nach, die Briefe von Francesca bekommen hatte: Muriel Roark. Als ich mich auf den Weg machte, setzte der Regen ein.

Muriel Roark wohnte im Universitätsviertel, im zweiten Stock eines im Grünen gelegenen Mietshauses. Als ich dort ankam, trieften die Büsche schon vor Nässe.

Eine überraschend hübsche Brünette öffnete mir. Sie war klein und ein wenig drall, mit einem kecken offenen Gesicht.

»Ja, bitte?«

»Miss Roark?«

Sie nickte lächelnd. »Kennen wir uns? Ich mag Ihr Gesicht.«

»Dan Fortune«, stellte ich mich vor. Auch ich mußte lächeln. »Ich möchte mich mit Ihnen über Francesca und Felicia Crawford unterhalten.«

Sofort wurde sie ernst. »Kommen Sie 'rein.«

Sie führte mich zu einer niedrigen Couch in einem kleinen behaglichen Wohnzimmer. Auf dem Boden lag ein dicker weicher Teppich, die Möbel waren alt und anheimelnd. Sie ließ sich auf einem buntbestickten Sack in der Ecke nieder. Ihre Beine waren schlank und muskulös, ein erfreulicher Anblick.

Sie hatte mein Interesse bemerkt. »Ich bin Tänzerin«, sagte sie und streckte ein Bein vor sich, damit ich die Muskeln richtig bewundern konnte. »Ich habe an der Uni einen Lehrauftrag für modernen Tanz. Was ist nun wegen Francesca?«

»Sie waren eng befreundet?«

»Wir verstanden uns. Suchen Sie Frans Mörder?«

»Ja, und auch Felicia. Francesca schrieb Ihnen, und Sie zeigten Felicia die Briefe?«

»Nein. Meine Briefe zeigte ich ihr nicht. Ich gab ihr nur die Nachrichten für sie weiter. Die hab' ich nicht gelesen.«

»Verdammt!« entfuhr es mir. »Also können Sie mir nicht sagen, was in diesen Botschaften stand?«

Sie zog die Knie unters Kinn. »Nein. Die erste kam irgendwoher aus dem Westen. Der Brief war in Chikago abgestempelt, aber Felicia sagte mir, der Zettel für sie wäre in Arizona oder Colorado geschrieben worden.«

Mir fiel der indianische Schmuck ein. »Aber Sie wissen nicht genau, wo?«

»Nein, tut mir leid. Der zweite Brief kam aus New York. Sie schrieb ihn gleich, nachdem sie zu Celia Bazer gezogen war.«

»Das hat sie geschrieben? Daß sie bei Celia Bazer wohnte?« Ich setzte mich auf. »Wußte das hier in Dresden sonst noch jemand?«

»Nur Frank Keefer. Als Fran weg war, tauchte er ein paarmal bei mir auf. Wollte wissen, ob ich von ihr gehört hätte. Er war ziemlich unglücklich, sie verloren zu haben. Na ja, und vor zwei Wochen etwa konnte ich ihm wenigstens sagen, wo sie steckte.«

»Wo wohnt Keefer?«

Sie nannte mir die Adresse, und ich stand auf. Widerwillig, denn ich wäre gern noch bei diesem Mädchen geblieben.

Sie dehnte sich vor mir, diesmal nicht, um ihre Muskeln zu zeigen. »Müssen Sie schon gehen?«

»Ja, leider.«

»Wie haben Sie den Arm verloren?«

»Meistens sage ich, im Krieg. In Wirklichkeit fiel ich in den Laderaum eines Frachters, als ich klauen wollte. Ich war damals sechzehn.«

»Werden Sie wiederkommen?« fragte sie. »Tun Sie's doch, abends. Und rufen Sie vorher an.«

Das Bild dieses Mädchens stand mir noch lange vor Augen.

Frank Keefers Haus lag in einer mittelklassigen Gegend am Ostrand der Stadt. Es war mit Blumenbeeten liebevoll umfriedet; jemand mußte viel Zeit und Liebe darauf verwenden. Bestimmt nicht Frank Keefer selbst, obwohl man nie wissen konnte: Es gab Massenmörder, die für ihre Rosenzucht berühmt waren. Die Garage stand leer, aber im Haus nahm ich Bewegung wahr.

Auf mein Klingeln hin kam Celia Bazer an die Tür. Das linke Auge war grün und blau geschwollen, ihr Gesicht sah aus wie ein Hefekuchen. In wenigen Tagen war mit ihr eine seltsame Verwandlung vorgegangen: vom eleganten Karrieremädchen zur typischen Kleinstadtmamsell. Sie trug ein altes Kleid und blickte mich aus leeren Augen an.

»Sie?« fragte sie verwundert, und offensichtlich mußte sie erst nach meinem Namen suchen. »Mr. Fortune?«

»Ja. Kann ich 'rein?«

»Sie hier?« Fast sprach sie wie unter Drogeneinfluß. »Ich meine, haben Sie den Mörder gefunden, der Fran umgebracht hat?«

»Ich bin immer noch auf der Suche.«

Irgendeine Ecke ihres Gehirns mußte ein Alarmzeichen gegeben haben. »Wie haben Sie mich hier gefunden?«

»Überhaupt nicht. Ich suche Frank Keefer. Ist er zu Hause, Celia?«

»Frank?« Ihr Blick wurde jetzt mißtrauisch. »Nein. Was wollen Sie von Frank?«

»Das sage ich Ihnen drinnen.« Und ich schob sie leicht ins Haus. Sie leistete keinen Widerstand.

Das Wohnzimmer war normal eingerichtet, aber alles, Tische, Stühle, das Sofa, war übersät mit Papieren. Auf einem Tisch stand ein Kopiergerät. Der schäbige Eindruck des Zimmers entsprach nicht Armut, sondern chronischer Vernachlässigung. Durch eine offenstehende Tür sah ich den Wust in der Küche, auch dort die Haufen von Kopien.

»Ich weiß Bescheid«, sagte ich. »Über Sie, Frank und Francesca. Wo ist Frank?«

»Weiß nicht. Er kam letzte Nacht nicht nach Hause. Nach dem hier«, sie zeigte auf ihr geschwollenes Auge, »ging er mit Joel weg.«

Ihre Stimme wirkte monoton, genauso leer wie der Blick. »Ein Jahr lang war ich weit weg. Dann brauchte er nur zu pfeifen, und hier bin ich wieder. Er ist ein Bastard, aber mich hat er in der Hand. So einfach geht das, sogar mit blauen Flecken. Manche Frauen haben wohl kein Gehirn. Ich weiß nicht, aber bei Frank fühle ich mich irgendwie sicher. Können Sie das verstehen? Wenn Joel nicht da wäre, dann vielleicht . . .«

»Wissen Sie, wo die beiden die ganze Nacht waren?«

»Nein. Hängt wohl mit der neuen Idee zusammen.« Sie deutete mit einer müden Kopfbewegung auf die Papierberge. »Joel hat ein paar Läden und Supermärkten eine Art Anzeigenblatt aufgeschwatzt, hat ihnen gesagt, er würde die Dinger bei den reichen Leuten oben im Nordwesten verteilen. Frank vervielfältigt das alles auf der Maschine da.«

»Aber nachts verteilt man keine Anzeigenblätter«, wandte ich ein.

»Vielleicht sind sie beim Poker gelandet, oder sie schmieden irgendwo einen neuen Plan.«

»Kennt einer von beiden Abram Zaremba?«

»Commissioner Zaremba persönlich? Kann sein, daß sie ihm mal die Schuhe geputzt haben.«

»Wissen die beiden irgendwas über das Bauprojekt am Black Mountain Lake?«

Sie nickte. »Joel hat den Bürgermeister dazu gebracht, ihn zum Inspektor der Drainage-Arbeiten dort unten zu machen. Und er hat dann Frank 'reingesetzt, der sollte die Parzellen verkaufen. Aber so früh wollte niemand recht anbeißen, und Frank war der Job zu unbequem.« Sie hielt überrascht inne. »Was hat das mit Francesca zu tun?«

»Vielleicht eine ganze Menge. Frank log, als er sagte, er hätte nicht gewußt, daß Francesca bei Ihnen in New York war.«

»Log?« Ihre Stimme klang lebhafter, als ihr aufging, wieso ich von der ganzen Sache wußte. »Also waren Sie in dem Hotel und haben gelauscht. Sie sind mir dahin nachgefahren. Warum sagen Sie, Frank hätte gelogen?«

Ich berichtete, was mir Muriel Roark gesagt hatte. »Und Frank gibt zu, in New York gewesen zu sein, als Francesca umgebracht wurde.«

»Aber er hat sie nie gesehen.«

»Wirklich nicht? Seit sie hier weg war, hat er sich dauernd nach ihr erkundigt. Er ist nicht der Typ, der so schnell aufgibt, nicht wahr? Er fuhr nach New York, um sie dort zu besuchen. Und nach ihrem Tod kam er schnell zu Ihnen, Celia. Vielleicht nur, um abzulenken.«

»Nein, nein. Er liebt mich wirklich. Na gut, er träumt mit offenen Augen und versucht, seine Träume wahrzumachen. Wenn Francesca mitgemacht hätte, dann hätte er sie wohl geheiratet. Aber sie gab ihm den Laufpaß.« Ihre Stimme war wieder so ausdruckslos wie zu Beginn. »Und töten hätte er sie nie können, ganz bestimmt nicht.«

»So? Und wenn er nur einem Irrtum erlag? Das haben Sie doch selbst in dem Hotel damals gesagt. Sie sprachen von der Falschen.«

»Ich weiß nicht, was Sie meinen.«

»Doch, das wissen Sie ganz genau, Celia. Francesca starb in Ihrem Bett. Sie hatte die Nacht in Ihrem Bett geschlafen. Vielleicht doch ein Irrtum, begangen von einem, der nicht Francesca, sondern Sie umbringen wollte?«

Ganz offensichtlich hatte auch sie schon diesen Gedanken gehabt. »Einmal war er im Gefängnis, weil er seine Frau zusammengeschlagen hatte.« Sie sprach so leise, daß ich sie kaum verstehen konnte. »Das war in Pennsylvania. Er hat dort immer noch eine Frau. Und einen Jungen. Manchmal schickt er ihnen Geld.« Sie zuckte die Schultern. »Mir ist es egal. Ich konnte New York nicht ausstehen, vor allem die Männer nicht. Mir reicht Frank.«

»Also ist er verheiratet. Und trotzdem hätte er Francesca geheiratet?«

»Warum denn nicht? Wer hätte das schon gemerkt? Damals hieß er Pender, genau wie Joel. Er glaubt an seine Lügen, aber er ist kein Killer. Das bringt er nicht fertig.«

»Wer ist Joel Pender, Celia?«

»Franks Onkel. Kommt irgendwoher aus dem Westen, spricht die ganze Zeit von Cowboys. Aber der ist schon überall gewesen, der typische Herumtreiber. Er kann hundsgemein werden, und für seine Größe ist er ganz schön zäh. Er ist nur halb so groß wie Frank, aber der hat richtig Angst vor ihm. Wenn er betrunken ist, protzt er immer, er wäre mal so 'ne Art Leibwache gewesen, wohl bei 'nem Spieler. Heute noch trägt er manchmal eine Pistole.«

»Warum gibt der Bürgermeister ihm immer wieder Jobs?«

»Keine Ahnung. Der Bürgermeister mag ihn eben. Vor langer Zeit, da hat er mal für ihn privat gearbeitet. Auch für den Alten, Emil van Hoek. Das ist Crawfords Schwiegervater.«

»Celia, stellen Sie sich mal vor, Frank hätte Francesca getötet. Und jemand hätte das herausbekommen. Würde er dann wieder morden?«

»Frank könnte nie . . .«

Da standen sie, mitten im Wohnzimmer. Zu zweit. Einer war Frank Keefer, der andere ein kleiner, knochiger Kerl mit einem dunklen, vom Wetter gegerbten Gesicht und auffallend tiefliegenden Augen. Er trug einen billigen Anzug, sah aus wie sechzig, aber ich wußte, er war jünger, vielleicht fünfundvierzig. Und das merkte man, sobald er sich bewegte. Geschmeidig wie ein Tier glitt er instinktiv auf die Seite, wo mir der Arm fehlte. Frank Keefer aber stürzte sich wie ein Bulle frontal auf mich.

Ich wollte mich ducken und fing mit dem Kopf einen wilden Schwinger ein, der mich über den nächststehenden Stuhl warf. Der Stuhl wiederum geriet Keefer zwischen die Beine. Ich sprang auf und nach rechts, aus der Reichweite des Kleineren, und griff nach der Pistole in meiner Tasche.

»Keefer, stopp!« rief ich. »Hören Sie, ich will doch nur . . .«

Keefer dachte nicht daran, mir zuzuhören. Wieder kam er von vorn, abermals wich ich aus, immer in sicherer Entfernung von dem anderen. Celia schrie, der Kleine packte sie und schlug ihr ins Gesicht, Keefer griff abermals an. Ich hatte keine Wahl. Mit der Pistole schlug ich ihm quer über das Gesicht.

Er stieß ein dumpfes Heulen aus, Blut floß ihm über die Wange, aber er kam noch einmal. Ich schlug ihm die Waffe auf den Mund. Jetzt spritzte das Blut. Er saß auf dem Boden, hielt sich die zerschundenen Lippen und sah ungläubig zu mir auf.

Mit der Pistole winkte ich den anderen aus seiner Ecke heraus. »Gehen Sie ’rüber zu ihm.« Der Kleine gehorchte.

Celia Bazer tupfte sich stumm das Gesicht ab, die beiden Männer starrten mich hilflos an. Keefer jammerte leise.

14

»Ihr beide seid mir ein sauberes Paar«, stellte ich fest. »Führt ihr euch immer so auf?«

»Und Sie, laufen Sie immer in der Gegend 'rum und verdächtigen Leute des Mordes?« fauchte der Kleine.

Er hatte seinen billigen Konfektionsanzug nachschneidern lassen, damit er wie maßgefertigt aussah. Sein Hemd war blütenweiß, und im Schlips glitzerte eine geschmacklose Brillantenimitation.

»Ich hätte Fran umgebracht, haben Sie gesagt«, murmelte Frank. Blut tropfte ihm aus dem Mund, und er starrte ungläubig auf den Zahn in seiner Hand.

»Haben Sie's denn getan?«

»Sind Sie blöd, Mister?« meinte der Kleine. »Die Göre war unsere Fahrkarte für's Schlaraffenland. Wenn Sie sich hier auskennen, müßten Sie das wissen.«

Ein typischer Herumtreiber und kleiner Gauner. Bestimmt hatte es Zeiten gegeben, da sein Hemd aus einer alten Zeitung und die Schuhe aus Leinenlappen bestanden hatten. Sein Gesicht zeigte die Gerissenheit eines Mannes, der andere übers Ohr haut und am Ende doch versagt, weil er nicht schlau genug ist, seine Pläne erfolgreich durchzustehen.

»Sie sind also Joel Pender?« fragte ich.

Es paßte ihm gar nicht, daß ich seinen Namen wußte; ein Mensch, dem das Versteckspiel zur zweiten Natur geworden war.

»Ich kenne Sie nicht, Mister.«

»Dan Fortune. Ich bin Privatdetektiv und auf der Suche nach Francesca Crawfords Mörder. Ich arbeite mit der Polizei zusammen. Ich brauche nur zu pfeifen.«

»Dann pfeifen Sie doch, verdammt noch mal«, zischte Frank Keefer. »Sehen Sie mal mein Gesicht an.«

»Das heilt schon wieder. Vielleicht kommen Sie auf diese Weise noch zu einem Charakterkopf. Warum fangen Sie Krawall an, wenn Sie nicht kämpfen können? Dachten wohl, mit einem Einarmigen ist gut fertig werden?«

»Sie haben Celia zugesetzt, Sie verdammter Krüppel«, sagte Pender. Wirklich ein Herzchen. »Warum wenden Sie sich nicht gleich an uns?«

»Okay, das tue ich jetzt. Also, Keefer, worüber haben Sie in New York mit Francesca Crawford gesprochen, als Sie sie besuchten?«

»Ich hab' Francesca nie ...«

Celia meldete sich aus ihrer Ecke. »Er war damals im Hotel, Frank. Er hat gehört, was wir redeten.«

»Gehört?« höhnte Keefer und leckte sich Blut von den Lippen.

»Jawohl, gehört. Alles, auch die Lügen. Muriel Roark hat Ihnen gesagt, daß Francesca bei Celia wohnte. Und Dienstag sind Sie nach New York gefahren. Das war ihr Todestag.«

»Ich bin nie in ihre Nähe gekommen!«

»Wußten Sie nicht, daß Francesca allein in der Wohnung war?«

»Nein. Ich hatte keine Ahnung, daß Celia weg war, bis nach ...«

»Halt den Mund, Frank«, fiel Joel Pender ein. »Der führt doch was im Schilde.«

»Also dachten Sie, Celia wäre an jenem Abend da und schliefe in ihrem eigenen Bett?«

»Bis Mittwoch war ich überhaupt nicht in der Nähe der Wohnung.«

»Falsch«, bedeutete ich ihm. »Dienstag abend wurden Sie gesehen. Womöglich kamen Sie dann in der Nacht wieder. Sie kletterten durchs Fenster, auf der Suche nach Celia. Und warum? Weil Celia ihrer Freundin Francesca erzählen konnte, daß Sie schon verheiratet sind. Sie hatten versucht, Francesca zurückzugewinnen und sie hatte Ihnen wohl auch Hoffnungen gemacht. Aber wenn Celia das erfuhr und über Sie auspackte, dann ... Also kamen Sie, um Celia umzubringen. Es war dunkel, und Sie hatten Angst, wollten die Sache schnell hinter sich bringen. Jemand lag in Celias Bett. Wer sonst als Celia? Also stachen Sie zu. Nur eben, daß Celia verreist war und Sie Francesca erwischten.«

Frank Keefer hatte seinen blutenden Mund vergessen. Die Angst stand ihm im Gesicht. Er sah sich vor der Jury, hörte das Urteil: für den Rest seines Lebens in die Zelle. Keine großen Pläne mehr, keine Frauen, keine Träume von der goldenen Zukunft.

»Ein Lügner sind Sie!« rief er.

Joel Pender begegnete der Gefahr auf andere Art; man hörte es förmlich in seinen Gehirnwindungen knacken. »Der fischt doch nur im trüben, Frank.« Und zu mir: »Wer will Frank denn gesehen haben?«

»Vielleicht Abram Zaremba? Oder jemand von seinen Männern, die Francesca überwachten? Zaremba ist gestern abend ermordet worden. Wo waren Sie zu der Zeit?«

»Commissioner Zaremba?« Keefer konnte das Zittern in der Stimme nicht unterdrücken.

Joel Pender fand keine Worte.

Keefer sah ihn hilfesuchend an. »Sag's ihm, Joel! Sag' ihm, was Fran vorhatte. Mit einem Mord an Commissioner Zaremba will ich nichts zu tun haben. Auf keinen Fall!«

»Du sollst das Maul halten, verdammt noch mal!« rief Pender. An seinen Augen sah ich, daß er eine schnelle Bilanz zog, Vor- und Nachteile abwog.

»Na gut«, meinte er schließlich. »Ich sag' Ihnen, was die Göre unserer Meinung nach in New York wollte. Unter einer Bedingung: Sie behalten für sich, wer es Ihnen verraten hat. Okay, Fortune? Ich würde sowieso alles leugnen.«

»Reden Sie schon.«

Frank Keefer tupfte sich den blutigen Mund ab. Er tat es mit dem Blick einer Frau, die ihre ersten grauen Haare entdeckt. Celia Bazer kauerte immer noch in ihrer Ecke, als fühlte sie sich dort sicherer. Pender beugte sich zu mir. Vertrauen heischend, die Ehrlichkeit selbst.

»Also, verstehen Sie, ich war stockbesoffen, sonst wäre das nie passiert. Sie kam an dem Abend her zu uns und war völlig fertig. Sagte, sie hätte herausgefunden, daß ihr Alter ein Schweinehund ist. Einer, der die Öffentlichkeit betrügt und sich hinter Leute wie Zaremba steckt, weil er selbst davon profitieren will. Ich wüßte doch alles über den Bürgermeister und sollte es ihr sagen. Sie wollte wissen, was los war, Leland hatte ihr was angedeutet. Irgendwas in der Vergangenheit des Bürgermeisters, ein mieser juristischer Trick oder so. Sie wußte nicht mehr, denn Leland war auch nicht genau informiert. Ich hätte keine Ahnung, sagte ich ihr, und Frank hier versuchte, sie zu beruhigen. Da ging sie auf ihn los. Sie wäre fertig mit ihm, ein für allemal.

Wir wären alle Lügner und Betrüger, warf sie uns an den Kopf, schlimmer als ihr Alter oder Zaremba, weil wir für die auch noch die schmutzige Arbeit machten. Sie benahm sich wie 'n wildgewordener Handfeger, und als sie Frank den Laufpaß gab, da sah ich plötzlich rot und verlor den Kopf. Verstehen Sie, unsere große Chance, in die Familie des Bürgermeisters einzuheiraten – alles aus, nur weil eine blöde Göre sich für zu gut hielt, zu gut sogar für den Bürgermeister! Hat man so was schon gehört? Ich hab' wirklich rot gesehen.«

Er schüttelte den Kopf. Ich wußte, was in ihm vorging. Er würde nie begreifen, wie er als so gerissener Bursche sich so hatte vergessen können. Die große Zukunft verschleudert! Er zuckte die Schultern.

»Also sagte ich ihr die Wahrheit. Wem hatte sie denn alles zu verdanken? Dem Bürgermeister natürlich. Der zahlte ihr den Lebensunterhalt, das Studium, alles. Sie sollte dem Bürgermeister lieber auf den Knien danken dafür, sagte ich. Der hatte es nämlich gar nicht nötig. brauchte ihr keinen roten Heller zu geben!«

Wieder unterbrach sich Pender. Auch jetzt noch kam ihm das Eingeständnis seiner großen Dummheit schwer über die Lippen. Ich ließ ihm Zeit.

Er seufzte. »Ich war einfach stockbesoffen, das müssen Sie versteh'n. So sagte ich ihr, was niemand anderer ihr jemals gesagt hatte. Wenn sie dachte, sagte ich, daß der Bürgermeister ein Lump wäre, dann sollte sie sich mal überlegen, ob es nicht noch viel größere Lumpen gäbe, Mörder, Kidnapper, Irre – denn sie selbst war schließlich das Kind von so 'nem Kerl! Das sagte ich ihr. Daß sie das Kind von jemand war, der auf ihren Großvater geschossen hatte, der schuld daran war, daß sie selbst 'ne Kugel abbekam, und der um's Haar noch ihre Mutter umgebracht hätte!«

Er sah mich an. »Ich sagte ihr, daß Crawford gar nicht ihr richtiger Name war, auch nicht der von Felicia. Ihre Mutter war nämlich schon vorher verheiratet gewesen, lange vorher, und ihr richtiger Vater hatte es beinahe fertiggebracht, daß sie alle ins Gras beißen mußten; dafür hat er dann zwanzig Jahre bekommen.«

Schweigen lastete in dem unordentlichen Zimmer mit den nutzlosen Papierbergen. Wir alle hingen unseren eigenen Gedanken nach. Pender biß sich auf die Lippen; ihm erschien es wohl immer noch unfaßbar, warum er das alles damals vor drei Monaten ausgeplaudert hatte. Das große Geheimnis, das auch verständlich machte, warum Pender vom Bürgermeister die Jobs bekam. Auch Keefer dachte nach, wahrscheinlich über sich selbst und seine verlorenen Chancen. Celia Bazer starrte stumpf zu Boden.

Vor meinem inneren Auge aber fügten sich die Teile des Puzzlespiels plötzlich nahtlos ineinander. Francescas hochgradige Aufregung, ihr Gerede von der Suche nach der Identität des Lebens. Das war ganz wörtlich gemeint gewesen: Es ging um ihre eigene Identität. Die plötzliche Reise – das häßliche Entlein, die ewig Vernachlässigte, auf der Suche nach ihrem wirklichen Vater. Und alle Männer, denen sie in New York begegnet war, hatten eins gemeinsam: Sie waren über vierzig. Abram Zaremba allerdings war viel älter gewesen, aber mit dem hatte sie direkt nichts zu tun gehabt, hatte sich nur in seinem Restaurant einen Job besorgt, den sie eigentlich gar nicht nötig hatte.

Also gab es im *Emerald Room* irgendeine Verbindung zu ihrem Vater. Das erklärte alles, außer dem Umstand, daß sie unter falschen Namen gelebt hatte; der Grund dafür lag vielleicht in dem Mord an Mark Leland. Am Ende hatte sie in dem verlorenen Vater nicht allein die eigene Identität gesucht, sondern ganz handfest Hilfe in ihrer Gefahr.

»Berichten Sie mir die ganze Geschichte, Pender«, sagte ich schließlich. »Was haben Sie Francesca noch erzählt?«

»Das ist alles. Ihre alte Dame hatte jung geheiratet. Die Sache ging schief, dann heiratete sie Crawford. Und dann tauchte ihr erster Mann wieder auf und fing 'ne Riesenschießerei an. Dafür wanderte er in den Knast. Das alles passierte, ehe ich hier war. Hab' es nur aus zweiter Hand. Aber ich war schon in der Stadt, als drei Jahre später ihr erster Mann aus dem Zuchthaus ausbrach und auf der Flucht umkam.«

»Francescas richtiger Vater ist tot?«

»Tot wie ein Dinosaurier.« Pender mußte lachen. »Die Zwillinge hatten Glück, Crawford zog sie wie seine eigenen Töchter auf, dabei war ihr richtiger Alter 'ne schäbige Rothaut aus irgend 'ner armseligen Reservation im Westen.«

»Ein Indianer?«

»So hab' ich's gehört. Mann, das wär' hier die Sensation gewesen! Kein Wunder, daß Katje Crawford ihn über Bord geworfen hat.«

»Wie hat Francesca das alles aufgenommen?«

»Als ob ich ihr eine auf's Maul gegeben hätte. Erst schimpfte sie mich 'nen Lügner. Hab' aber gesagt, sie soll doch den alten Emil van Hoek fragen, wenn ihre Eltern nicht auspacken wollten. Böses Blut, das war's! Sie hatte böses Blut in sich. Und hier 'rumlaufen und den Bürgermeister beschimpfen, wo der sie wie seine eigene Tochter aufgepäppelt hatte!«

»Und Sie glauben, Francesca ging ihren richtigen Vater suchen? Obwohl er tot ist?«

»Klar ging sie. Vielleicht hat sie mir nicht geglaubt, wollte Beweise sehen.«

»Na schön. Halten Sie sich hier zur Verfügung. Ich glaube nicht, daß Bürgermeister Crawford Ihnen dankbar sein wird, wenn er erfährt, was Sie Francesca erzählt haben.«

Frank Keefer sagte nichts. Ihn interessierte nur noch sein Gesicht. Pender war mit seiner Wut beschäftigt, seiner Wut auf sich selbst, daß er im Suff so blöd gewesen war. Und Celia stand still in ihrer Ecke. Vielleicht hoffte sie, daß beide sie einstweilen vergessen würden.

15

Ein Mädchen, das seinen toten Vater sucht? Auf der Fahrt hatte ich Zeit, darüber nachzudenken. Ja, warum nicht? Genau das paßte zu Francesca. Ein Mann kann sterben, aber er hinterläßt einen Schatten, ein Leben, ein Zuhause, Verwandte, alles Dinge, nach denen sich ein vereinsamtes Mädchen sehnen mußte. Der Tod ist nur das Ende des Menschen, nicht seines Lebens, seiner Umgebung. Seine Umgebung war vielleicht irgendein Flecken, wo auch seine Tochter heimisch werden könnte: das Mädchen Francesca, das nie richtig dazu gehört hatte, nicht zu den Crawfords oder den van Hoeks.

Konnte diese Suche sie schließlich das Leben gekostet haben? Das hing von den Ergebnissen ab. Was hatte sie herausgefunden? Mir fehlten noch viele Einzelteile, zahllose Antworten. Wußte Felicia Bescheid? Vermutlich, wenigstens einen Teil der Wahrheit. Vielleicht nicht soviel wie Francesca, aber genug, um beispielsweise wissen zu wollen, wer mein Auftraggeber war und was ich herausbekommen hatte. Hatte auch sie sich jetzt auf dieselbe Suche begeben?

Von unterwegs rief ich Leutnant Oster an, der Neuigkeiten für mich hatte.

»In New York haben sie Ihren Klienten, John Andera, aufgetrieben. Er war auf einer Verkaufsreise in Philadelphia. Das haben zuverlässige Zeugen dort unten belegt. Auch für den Tod der kleinen Crawford hat er ein Alibi, ebenfalls eine Geschäftsreise.«

»Und was ist mit Grace Dunstan?«

»Da sieht die Sache schlechter aus. Sie war in New Haven, aber zwischen acht Uhr gestern abend und ein Uhr heute morgen hat niemand sie gesehen. Sie könnte in Dresden gewesen sein. Auch Dunstan selbst hat kein Alibi für die Zeit, als Zaremba umgebracht wurde.«

Ich berichtete ihm, was ich von Joel Pender erfahren hatte. »Stimmt das alles?«

»Soweit ich weiß, ja. War vor meiner Zeit.« Oster machte eine Pause. »Crawford wird eine Sauwut auf Pender kriegen. Uralte schmutzige Wäsche, Fortune. Tot und begraben.«

»Möglicherweise nicht tief genug begraben. Wo finde ich die Großmutter? Mrs. van Hoek?«

»Sie wohnt in einem der Gartenhäuser auf Bürgermeister Crawfords Grundstück. Was soll sie Ihnen schon erzählen?«

»Das weiß ich erst, wenn ich sie gefragt habe.«

»Gehen Sie behutsam vor, Fortune.«

»Das tue ich immer, Leutnant.« Ich legte auf.

Diesmal ließ ich den Wagen vor dem Crawfordschen Anwesen. Das kleine Gartenhaus stand ganz hinten zwischen Bäumen, der Regen plätscherte ihm aufs Dach. Ich klopfte. Nach einer Weile öffnete mir eine hochgewachsene, hagere Frau mit schlohweißem Haar. Sie trug ein strenges schwarzes Kleid ohne jeden Schmuck. Das Haar war zu einem festen Knoten gebunden.

»Bitte sehr?« Und nach einer Pause: »Sie sind dieser Detektiv.«

»Dan Fortune, Mrs. van Hoek. Kann ich kurz mit Ihnen sprechen?«

»Worüber?«

Die Frage klang nicht herausfordernd, eher neutral, als wollte sie ausdrücken, daß sie nichts zu sagen hatte.

»Über Francesca und über Ihren Mann.«

»Ich habe nie viel über Francesca gewußt. Mr. van Hoek ist tot.« Sie wandte sich ab, als wäre damit alles erledigt.

Ich folgte ihr in ein kleines viktorianisches Wohnzimmer. Sie setzte sich und blickte stumm vor sich hin. Daß ich nicht einfach weggegangen, sondern ihr gefolgt war, schien sie nicht weiter zu überraschen. Es berührte sie offenbar überhaupt nicht.

Irgendwann mußte ich das Schweigen brechen. »Ihr Mann ist sehr plötzlich gestorben.«

Sie sah in den Regen hinaus. »Mr. van Hoek ist jahrelang gestorben.«

»Unmittelbar vor seinem Tod sprach er mit Francesca.«

Der Regen vor dem Fenster schien sie zu faszinieren. »Als ich ein kleines Mädchen war, liebte ich den Regen über alles. Es war dann immer so warm auf dem Dachboden, wo wir spielten, im alten großen Haus. Bevor ich Mr. van Hoek traf. Katje und der Bürgermeister wohnen jetzt dort. Aber es ist nicht mehr das alte, das wurde vor vielen Jahren abgerissen. Ich lebe hier. Das hier ist mein Heim, bis ich sterbe. Katje ist eine gute Tochter.«

»Hat Mr. van Hoek Francesca von Katjes erstem Mann erzählt?«

»Ich weiß nicht. Lassen Sie mich doch bitte in Ruhe.«

»Katjes erster Mann war Indianer?«

»Ein lieber Junge. Zweimal hat sie ihn mitgebracht. Er war Soldat, weit weg. Sie ließ die Ehe annullieren, war der beste Ausweg. Für die Kinder war der Bürgermeister besser.«

»Waren Sie gegen die Heirat? Gegen den Indianer?«

»Man mußte doch an die Kinder denken. Er war ein lieber Junge, aber Katje wollte nicht mehr. Sie wußte, was sie wollte.«

»Aber Sie hätten die Ehe lieber gerettet?«

»Katje wußte es besser, das sehen Sie doch. Wir haben ein schönes Heim.«

»Aber dann kam er wieder, der Indianer? Und schlug Krach?«

Sie reagierte mit einer abrupten Kopfbewegung. »Bitte, lassen Sie mich in Frieden. Ich will nicht mit Ihnen reden.«

Schritte kamen auf das Gartenhaus zu. Ich sah zum Fenster hinaus: ein kleiner Mann mit silbergrauem Haar unter einem Schirm. Er lief eigenartig steif, wie ein Richter oder ein in vielen Gerichtsschlachten ergrauter Anwalt. Das Gesicht wirkte zu jung für das Haar und die Haltung dieses Mannes.

Ich stand wieder bei Mrs. van Hoek, als der Grauhaarige ins Zimmer trat. Er lächelte und rieb sich die klamme Kälte aus den Händen. Dann sah er mich.

»Wer sind Sie?«

»Dan Fortune. Mr. . . .?«

»Carter Vance. Also sind Sie der Privatdetektiv? Was, zum Teufel, wollen Sie von Mrs. van Hoek?«

Die Ausdrucksweise paßte wenig zu seinem grauen Haar und der förmlichen Kleidung, ebensowenig zu seinem Alter von etwa Vierzig.

»Ich unterhalte mich mit Mrs. van Hoek.«

Die alte Frau sagte: »Ich will aber nicht mit ihm sprechen.«

»Haben Sie gehört?« fragte Carter Vance.

»Vance?« gab ich zurück. »Crawfords Anwaltspartner, stimmt's? Will wetten, daß Sie 'ne Menge über Abram Zarembas Aktivitäten ans Licht gebracht haben.«

»Ich weiß nicht, was Sie meinen, Mr. Fortune.«

»Sasser arbeitete doch mit Zaremba zusammen, oder nicht?«

»Falls Sie damit ausdrücken wollen, daß Mr. Zaremba sich etwas zuschulden kommen ließ, sollten Sie lieber vorsichtig sein. Wir fanden keinerlei Anzeichen dafür. Aber sonst haben wir hier in Dresden ganz schön für Ordnung gesorgt.«

»Klar. Den Taschendieben und Fürsorgeschwindlern sind Sie bestimmt auf den Pelz gerückt. Kleine Gauner wagen sich nicht mehr nach Dresden, stimmt's? Und die ehrenhaften Bürger können in Ruhe ihr Geld verdienen, damit sie schön ihre Steuern abliefern, zum Wohle von Zaremba & Co.«

»Scheint mir, als ob sich ab und zu doch noch kleine Gauner nach Dresden wagen«, konterte er. »Mrs. van Hoek wünscht nicht, mit Ihnen zu reden.«

»Aber ich wünsche es.« Ich wandte mich wieder der alten Frau zu. »Sie brauchen mir nur zu sagen, was Ihr Mann Francesca . . .«

»Fortune«, kam Vances Stimme von hinten.

Er hielt eine blaue Mauser in der Hand. Damit winkte er in Richtung Tür. »Wenn Sie was wollen, fragen Sie lieber Bürgermeister Crawford.«

»Schleppen Sie immer ein Schießeisen mit sich herum, Vance?«

»Schließlich sitze ich der Anti-Verbrechenskommission vor. Da kann man nie wissen. Also los, marsch!«

Ich marschierte.

Martin Crawford saß im Wohnzimmer, eine Zeitung in der Hand. Als er uns sah, stand er mühsam auf.

»Carter? Was, zum Teufel . . .« Ratlos musterte er uns beide.

»Den hab' ich im Gartenhaus aufgestöbert, wie er der alten Dame mit Fragen zusetzte. Freiwillig wollte er nicht gehen.«

Von irgendwoher erschien Katje Crawford. »Steck die Pistole weg, Carter. Mr. Fortune ist ein Detektiv.«

»Ein billiger Schnüffler aus New York«, erwiderte Vance verächtlich. »Schätze, wir können ihn wegen Hausfriedensbruch belangen. Er weigerte sich zu gehen.«

»Er will uns nur helfen, Carter«, ließ sich Crawford vernehmen.

»Helfen?« Vance steckte die Waffe ein, ging zur Hausbar in der Glasveranda und mixte sich einen Drink.

Katje Crawford kam ganz ins Zimmer. Sie trug einen Tweedrock, Kaschmirpullover und an der Rechten einen Golfhandschuh. Offensichtlich war sie immer noch zuversichtlich, daß der Regen aufhören würde. »Warum wollten Sie mit meiner Mutter sprechen?«

»Weil ich wissen wollte, was Ihr Vater Francesca erzählte, ummittelbar bevor sie von hier wegging.«

»Mein Vater?«

»Was soll er Francesca erzählt haben?« fiel Crawford ein.

Katje Crawford setzte sich. »Ich hatte keine Ahnung, daß mein Vater mit Francesca vor ihrer Abreise sprach. Er war sehr krank.«

»Was, glauben Sie, hat er ihr gesagt, Fortune?« fragte Martin Crawford.

»Er hat mit ihr über ihren richtigen Vater gesprochen«, feuerte ich mein Geschoß ab.

Ich kann nicht gerade sagen, daß es wie eine Bombe einschlug. Sie alle hatten dafür zu lange mit der Geschichte gelebt. Aber es so plötzlich von mir vorgesetzt zu bekommen, hatte sie doch aufgeschreckt. So fest hatten sie ihr Geheimnis gehütet, daß es ihnen wohl ganz seltsam vorkam, wenn jemand überhaupt laut davon sprach. Auch Carter Vance an der Bar drehte sich um, sah erst die beiden, dann mich prüfend an.

»Also wissen Sie Bescheid«, stellte Martin Crawford fest. »Ich hab' mir fast gedacht, daß Sie dahinterkommen würden. Man versucht eben seine Kinder so weit wie möglich vor allem zu schützen. Für Francesca kann ich nichts mehr tun, aber ich hatte gehofft, Felicia noch eine Zeitlang damit verschonen zu können. Stiefvater zu sein, ist nicht leicht. Die Beziehung zum Kind ändert sich. Für mich sind sie meine Kinder, aber ich war mir immer darüber klar, daß sich das ändern würde, sobald die Wahrheit herauskam.«

»Ist Felicia wieder zu Hause?« erkundigte ich mich.

»Nein«, antwortete Crawford.

In dem einzelnen Wort lag eine Welt des Schmerzes und der Resignation. Crawford hatte eine Tochter verloren – Stieftochter, meinetwegen –, und nun mußte er auch um die zweite bangen.

Auch Katje Crawfords Stimme klang müde. »Also glauben Sie, mein Vater hat mit Francesca über ihren richtigen Vater gesprochen, und das hätte irgendwie eine Verbindung zu ihrem Tod?«

»Ich weiß nicht, was er ihr gesagt hat und wie es sich auswirkte.«

Sie schüttelte den Kopf. »Ich wüßte wirklich nicht, was er ihr hätte sagen können. Jedenfalls nichts mit so weitreichender Wirkung.«

»Können Sie mir erschöpfende Auskunft über diese Angelegenheit geben?«

Katje Crawford setzte sich und überlegte einen Moment. Dann nickte sie langsam. »Also gut, nehmen Sie Platz, Mr. Fortune. Ich sehe nicht, was damit erreicht wird, aber Sie bohren ja doch so lange weiter, bis Sie alles wissen.«

Ich setzte mich. Martin Crawford lehnte sich in seinem Sessel zurück, die Hände über dem Gesicht, als wollte er nichts hören. Carter Vance stand in der Veranda und nippte an seinem Drink.

16

»Sein Name war Ralph Blackwind.« Katje Crawford lächelte etwas gequält. »Schwarzer Wind. Ich glaube, schon der Name faszinierte mich. Er klang so stark, erdverbunden. Ich war damals siebzehn und allein in New York, um Tänzerin zu werden. Natürlich hatte ich keinerlei Talent, war zu groß und viel zu ungeschickt. So viele junge Leute mühen sich verzweifelt um etwas ab, das sie nie erreichen können.«

Sie schwieg und suchte nach einer Zigarette. Crawford saß mit einer Miene da, als sähe er einen alten Film, den er schon in- und auswendig kannte.

»Ralph Blackwind«, sagte Katje und sog den Rauch ein. »Ich begegnete ihm beim Christlichen Verein Junger Männer, auf einer Tanzveranstaltung für Soldaten. Er sah gut aus, dunkeläugig und klein, aber drahtig – ernst und ungemein männlich. Ich war siebzehn und konnte es nicht abwarten, eine Frau zu werden. Wir beide liebten die freie Natur, oft ritten wir zusammen in New Jersey. Sein größter Wunsch war, daheim unter seinen Leuten eine Ranch zu besitzen, mit seinem Volk zu leben und zu arbeiten. Ich wußte damals schon, daß aus mir nie eine Tänzerin werden würde. Ich brauchte einen Ersatztraum, und Ralph füllte die Lücke aus. Nach einem Monat waren wir verheiratet. Aber inzwischen war Krieg in Korea, und zwei Monate später wurde Ralph eingezogen. Ich kam zurück nach Hause, schwanger.«

Sie sah zu mir auf. »Ich war schwanger und Ralph in Korea. Sobald ich wieder zu Hause war, wurde mir mein großer Fehler bewußt. Ralph und ich – hier? Vor diesem Hintergrund, der, wie mir schlagartig aufging, meine eigentliche Erfüllung war? Die Sache mit Ralph war ein kindischer Traum gewesen, noch törichter als das Vorhaben, Tänzerin zu werden. Soviel wußte ich nun, aber Ralph war in Korea und kämpfte an der Front. Konnte ich ihm das alles schreiben? Nein. Und so wurden die Mädchen geboren, Francesca und Felicia Blackwind.«

Die Namen klangen in dem großen, eleganten Salon der Crawfords wie ein Hauch von Steppe und Felsengebirge. »Du lieber Gott«, stieß Martin Crawford aus, »wie Francesca diesen Namen geliebt hätte! Wir hätten ihr alles sagen sollen, Katje, sobald wir merkten, was für ein Mensch sie war.«

»Vielleicht hast du recht«, erwiderte Katje und nahm ihre Erzählung wieder auf. »Kurz nach der Geburt der Zwillinge traf ich Martin wieder. Er hatte mich schon als kleines Mädchen gekannt. Wir verliebten uns und fanden, daß wir füreinander bestimmt waren, der gleiche Hintergrund, die gleichen Pläne für die Zukunft. Was sollten wir tun? Ich konnte mich nicht von Ralph scheiden lassen. Er war inzwischen als vermißt gemeldet. Martin war auf dem Weg zum Politiker, eine Scheidungsaffäre wäre für ihn dem Selbstmord gleichgekommen. Wir warteten und warteten, aber Ralph wurde nicht gefunden. Die Mädchen wuchsen. Schließlich ließen wir meine Ehe in aller Stille annulieren und heirateten. Ein Jahr später kehrte Ralph zurück.«

Sie drückte die Zigarette aus. Carter Vance kam aus der Veranda und gab ihr einen Whisky. Sie nahm ihn und trank, ohne Vance anzusehen.

»Ralph hatte fast zwei Jahre in einem nordkoreanischen Gefangenenlager gesessen. Dann war er ausgebrochen, hatte sich mutterseelenallein Hunderte von Kilometern durch feindliches Land geschlagen. Für ihn war es ein täglicher Kampf auf Leben und Tod, er hatte viele Gegner umgebracht, manche mit bloßen Händen. Irgend etwas in ihm war anders geworden, er war ein eiskalter, verbitterter Mensch, dem das Töten leicht von der Hand ging. Vielleicht hatte das immer in ihm gelegen, an der Frustration, als Indianer geboren zu sein.

Er erfuhr natürlich von der Geburt der beiden Mädchen und davon, daß ich die Ehe hatte löschen lassen. Zu allem, was er durchgemacht hatte, dieser Schock: Das war wohl zuviel für ihn. Er hatte sich nach einem stillen, friedlichen Heim gesehnt, nach mir und seinen Kindern.«

Wieder stockte sie. »Ich habe mir nie etwas vorgemacht. Ich weiß, wie grausam ich zu Ralph war. Von der Geburt der Mädchen hatte ich ihm nichts geschrieben, unsere Ehe hatte ich stillschweigend gelöst, ohne ihn zu benachrichtigen. Natürlich glaubte ich, er wäre tot, vielleicht hoffte ich es sogar. Aber das ist keine Entschuldigung. Ich tat, was ich tun mußte: für mich und mein Leben. Ralph und ich hatten einen Fehler gemacht, das hätte auch er bald eingesehen. Ich mußte diesen Irrtum korrigieren, einen anderen Ausweg gab es nicht.«

Sie starrte in ihr Whiskyglas. »Während Martin in Albany arbeitete, lebte ich bei meinen Eltern. Jenes Wochenende war er unterwegs nach Hause, aber noch nicht angekommen. Dafür bin ich seitdem immer dankbar gewesen. Ich glaube, Ralph hätte Martin sonst umgebracht.

Er kam ins Haus, bewaffnet mit einer Maschinenpistole und einem Revolver. Als ich nur eine Bewegung machte, schoß er. Er verwandelte das Wohnzimmer in einen Scherbenhaufen und traf meinen Vater! Um ein Haar hätte er ihn umgebracht. Er zwang mich, die Kinder zu holen, und fuhr mit uns weg. Wir fuhren den ganzen Abend in Richtung kanadische Grenze. Aber die Kinder mußten essen und schlafen, und so hielt er schließlich an einem Motel in Utica. Da erst erfuhr ich alles über Korea, seine Flucht und über seinen tiefen Groll auf die Welt, die wahnwitzige Welt des weißen Mannes. Er sprach und sprach, die ganze Nacht, während die verängstigten Kinder schliefen, so gut sie konnten. Er redete ohne Unterbrechung, berichtete von dem Grauen seiner Kriegserlebnisse, sprach von seinen Plänen für eine Ranch in Kanada. Wahrscheinlich war er wirklich wahnsinnig. Es war eine entsetzliche Nacht. Die Kinder litten noch Jahre später unter Alpträumen.«

»Wie sind Sie schließlich von ihm losgekommen?« warf ich ein.

»Am nächsten Morgen kam die Polizei. Martin war kurz nach unserer erzwungenen Abfahrt zu Hause eingetroffen, hatte meinen Vater versorgen lassen und die Polizei alarmiert. Als sie uns fanden, versuchte Ralph, Widerstand zu leisten. In dem Handgemenge wurde Francesca von einer Kugel getroffen. Daher stammt ihre Narbe, Mr. Fortune. Ralph war kein wirklich schlechter Kerl. Als Francesca getroffen war, gab er sofort auf, trug sie sogar selbst zur Ambulanz.«

»Und dann?«

Martin Crawford nahm den Faden auf. »Ich verteidigte Blackwind vor Gericht. Katje überredet ich zu der Aussage, sie sei an jenem Abend freiwillig mit ihm gegangen, um sich mit ihm auszusprechen. So konnte ich eine Anklage wegen Entführung niederschlagen. Was schließlich blieb, war die Sache mit Katjes Vater, Mordversuch in Tateinheit mit schwerer Körperverletzung Mr. van Hoek wäre beinahe gestorben, und wir konnten diesen Punkt der Anklage nicht umgehen. Blackwind wurde zu Zuchthaus zwischen zehn und zwanzig Jahren verurteilt. Drei Jahre später brach er aus Auburn aus, zusammen mit drei anderen Sträflingen. Einer wurde dabei getötet, ebenso ein Wärter. Ralph und die beiden anderen kamen zunächst davon und hielten sich drei Tage versteckt. Schließlich wurden Ralphs Kumpane in Hancock gestellt, einer kam um. Der Überlebende sagte aus, Ralph sei dort, wo sie sich versteckt gehalten hatten, in einem See ertrunken.«

»Fand man die Leiche?«

»Zunächst nicht. Am Seeufer stieß man auf seine Waffen und Vorräte, aber das war alles. Also lief die Großfahndung nach ihm weiter, fünf Monate lang. Sie verfolgten jede mögliche Spur, alle Hinweise, überprüften jeden, der mit Ralph in Kontakt gekommen war. Nichts wurde gefunden, auch nicht der geringste Anhaltspunkt dafür, daß er noch am Leben war. Und dann stießen Taucher in dem See auf eine Leiche, die zwischen Felsen eingeklemmt war. Sie war bis zur Unkenntlichkeit verwest und zerfressen, hatte aber Ralphs Größe und trug die Überreste seiner Kleidung sowie seine Erkennungsmarke. Die Leiche, soviel war feststellbar, hatte genau die fragliche Zeit im Wasser gelegen. Er ist tot, Mr. Fortune, daran besteht kein Zweifel.«

Wir schwiegen. Ich wußte, was sie alle dachten: ist Ralph Blackwind noch am Leben? Am Ende gar nicht soweit weg?

Carter Vane sprach als erster. »Als ich herkam, war er schon tot. Schreckliche Geschichte.«

Katje Crawford fragte: »Glauben Sie, daß Ralph noch lebt, Mr. Fortune?«

»Solange eine Leiche nicht positiv identifiziert ist, muß man diese Möglichkeit im Auge behalten. Was war mit Zähnen, Narben, Wunden, alten Verletzungen?«

»Seit seiner Kindheit hatte sich Blackwind keiner Zahnbehandlung unterzogen«, erwiderte Crawford. »Und in seiner Heimat, der Reservation, gab es darüber keine Aufzeichnungen; also bestand keine Vergleichsmöglichkeit. Die Leiche war zu verwest, als daß man Narben hätte identifizieren können. Allerdings hatte er nach Aussage seines Bruders den linken Arm gebrochen, und an der Leiche wurde ein Bruch eben des linken Armes festgestellt. In der Reservation gab es kein Röntgenbild der alten Verletzung, deshalb ließ sich nicht beweisen, ob es sich um denselben Bruch handelte.«

»Immerhin, der linke Arm der Leiche war gebrochen?«

»Er ist tot, Mr. Fortune«, sagte Katje Crawford bestimmt. »Wie hätte er dieser Menschenjagd entgehen können? Und wenn er lebte, hätte er in den letzten fünfzehn Jahren ganz bestimmt versucht, die Mädchen zu sehen. Seine Kinder! Er liebte Kinder über alles.«

»Können Sie sich vorstellen, daß Francesca nach einem Toten suchte?« fragte ich.

»Ja, vielleicht. Wenn es ihr um ihre Identität ging, um die Wahrheit über sich selbst. Dazu wollte sie wohl alles über Ralph erfahren.«

Crawford fiel ein: »Und uns hätte sie davon nichts gesagt, geschweige denn, um Erlaubnis gebeten.«

»Gab es eine Verbindung zwischen Blackwind und Abram Zaremba?« erkundigte ich mich.

»Keine, soweit ich weiß«, antwortete Crawford.

»Und Carl Gans? John Andera? Harmon Dunstan? Oder vielleicht Joel Pender, Frank Keefer, Anthony Sasser?«

»Nein, mit keinem von ihnen.« Diesmal gab Katje die Auskunft. »Tony Sasser kam erst nach Dresden, als Ralph nicht mehr lebte.«

»Halt«, fiel Crawford ein. »Bei der Gerichtsverhandlung gegen Ralph war doch auch ein Captain Dunstan, Katje. Sein Kommandeur in Korea, geriet zusammen mit Ralph in Gefangenschaft. Erinnerst du dich nicht mehr? Er sagte für Ralph aus.«

»Ich kann mich nicht mehr erinnern, Martin. Schließlich ist das jetzt fünfzehn Jahre her.«

»Sind Sie sich da ganz sicher, Crawford?« fragte ich.

»Ziemlich sicher, jawohl. Captain Dunstan.«

»Na schön. Möglich, daß Francesca auszog, um ihrer Vergangenheit und einem toten Vater auf die Spur zu kommen. Vielleicht lag darin der Grund für ihren Tod, vielleicht auch nicht. Es könnte sich um einen Zufall handeln, oder sie hat etwas aufgestöbert, das für jemanden gefährlich war oder werden konnte. Aber eines sollten wir festhalten.« Ich sah sie der Reihe nach an. »Sollte Ralph Blackwind noch am Leben sein, dann hängt der Mord an einem Gefängniswärter an ihm. Und er würde wahrscheinlich eine Menge riskieren, um nicht gefunden zu werden.«

Sie schwiegen alle. Als ich ging, saß Katje Crawford still da und starrte vor sich auf den Boden. Machte sie sich bittere Vorwürfe? Grübelte sie darüber nach, ob das alles nicht geschehen wäre, hätte sie den Töchtern die Wahrheit über ihren Vater gesagt? Damals, vor langer Zeit?

Ich fuhr zurück zum Motel und packte. Auf der Fahrt nach Süden regnete es immer noch. Das Bild fügte sich langsam zusammen. Francesca war auf der Suche nach ihrem Vater gewesen. Und nun hatte Felicia diese Aufgabe übernommen. Nach einem toten Vater oder einem, der irgendwo versteckt lebte? Am Ende war das Emil van Hoeks, des Großvaters, Geheimnis gewesen, das er Francesca anvertraut hatte. Tot oder lebendig?

17

Unterwegs nahm ich mir Zeit zum Lunch, und als ich in Hempstead ankam, war es bereits später Nachmittag. Der Regen hatte aufgehört, plötzlich war der Tag hell und klar; ein Hauch des nahen Winters lag in der Luft.

In Harmon Dunstans Garage standen zwei Autos. Diesmal schien niemand meine Ankunft zu beobachten, aber sonst hatte sich nicht viel verändert. Mrs. Grace Dunstan, die mir öffnete, trug dieselben Kleider, eine alte Hose und ein fleckiges Hemd. In der Hand hielt sie wieder eine Bloody Mary. Ich hatte plötzlich das unangenehme Gefühl, als stünde die Zeit still. Sie sah mich müde an.

»Mr. Fortune.« Das war eine Feststellung, als wäre ich ihr Schicksal. »Dann kommen Sie schon herein.«

In dem säuberlich geputzten Wohnzimmer saß Harmon Dunstan an der Hausbar. Diesmal hielt auch er einen Drink in der Hand. Er war lange nicht so freundlich wie das letzte Mal und musterte mich mißtrauisch.

»Haben Sie mir letzte Nacht die Polizei auf den Hals geschickt?« fragte er.

»Das war die Polizei in Dresden. Ihre Frau war in New Haven, und niemand hat sie gesehen. Wo waren Sie?«

»Hab' einen Klienten besucht. In Westchester. Mein Pech, daß er nicht zu Hause war. Er mußte plötzlich weg.«

»Kannten Sie Abram Zaremba?«

»Nein. Und ich kann Leute nicht leiden, die herkommen und mir drohen.«

»Ich habe Ihnen nicht gedroht.«

»Sie . . .« Er brach ab. Woher hätte er wissen sollen, daß meine Worte eine Drohung bedeuten konnten? Er hatte gemerkt, wie verräterisch seine Reaktion gewesen war.

»Was wollte Francesca Crawford wirklich von Ihnen, Dunstan?«

»Ich habe Ihnen alles gesagt, Fortune. Mehr erfahren Sie von mir nicht.«

Grace Dunstan machte sich bemerkbar. »Sprich doch ruhig mit ihm, Harmon, erzähl' ihm alles. Du und deine Frauen, das ist doch gar kein Geheimnis. Jedermann weiß, daß wir da ein Abkommen haben.«

»Halt den Mund, Grace.« Das klang nicht einmal schroff. Sein Ton besagte, daß seine Frau gar nicht wußte, wovon sie sprach.

»Was wollte sie von Ihnen, Dunstan?« insistierte ich. »Sie bändelte mit Ihnen an und verlor ganz plötzlich das Interesse. Glaubte sie, Sie könnten ihr helfen? Wegen ihres Vaters?«

»Ihr Vater?« Es war weder eine Frage, noch eine Feststellung. Dunstan redete ganz einfach, um Zeit zu gewinnen. Er mußte nachdenken. Bedächtig trank er sein Glas aus. Grace Dunstan schenkte ihm nach, mit einer Hand. In der anderen hielt sie das eigene Glas.

»Ralph Blackwind«, sagte ich. »An ihn erinnern Sie sich doch? Sie waren in Korea sein Vorgesetzter. Das haben Sie in der Gerichtsverhandlung ausgesagt.«

»Ja. Ich kann mich an ihn erinnern.«

»Hat Francesca nach ihm gefragt?«

»Ja, das hat sie«, erwiderte Dunstan. Seine Frau gab ihm das frisch gefüllte Glas. Er trank erst einmal. »Ich habe ihr gesagt, daß Ralph tot ist, vor fünfzehn Jahren starb. Ihm wurde übel mitgespielt, er mußte ins Gefängnis, und dann starb er. Hab' ihr auch gesagt, daß er ein feiner Kerl war, der ein besseres Schicksal verdient hätte. Aber so spielt das Leben nun mal. Schließlich hatte sie ihre Mutter und ein schönes Leben. Sollte sie Ralph Blackwind doch in Frieden ruhen lassen.«

»Und das war alles?«

»Ja, alles.«

»Immerhin, Sie wußten also, wer sie wirklich war, und zwar ehe sie ermordet wurde: Francesca Crawford und nicht Martin.«

»Schön, stimmt, ich wußte es. Als sie sich nach Ralph erkundigte, ging mir ein Licht auf. Und wenn schon? Das alles ist lange her. Mir war es um die Gegenwart zu tun. Fran war eine Frau, ich mochte sie, wollte sie haben. Das mit Ralph war längst Geschichte. Mich interessiert das Heute.«

»Mich ebenso«, erwiderte ich.

Dunstan schwieg.

»Armer Harmon«, sagte Grace Dunstan. »Diesmal hast du nicht bekommen, was du wolltest, nicht wahr? Die hat dir ein Schnippchen geschlagen.«

Dunstan drehte sich abrupt zu ihr um. »Ich mochte sie wirklich, Grace. Diesmal war es anders. Das hast du gewußt. Die anderen Frauen haben dir nie etwas ausgemacht. Du bist an mir nicht interessiert, also spielten die anderen Frauen keine Rolle. Dafür war ich dir immer dankbar. Ich brauche schließlich Frauen, und du brauchst keine

Männer, jedenfalls mich nicht. Darum hast du dich nie um die Stellvertreterinnen gekümmert. Die waren auch nichts Besonderes, aber besser als gar nichts, wenn ich dich schon nicht haben konnte. Aber diesmal war es anders, und das wußtest du genau.«

»So, wußte ich das? Vielleicht hast du recht. Aber sie ist tot, und damit hat sich's. Du wirst mit dem vorliebnehmen müssen, was du hast, bis zum nächstenmal. Und das tut mir leid, wirklich.«

»Leid genug, daß du jetzt manchmal zu mir in mein Schlafzimmer kommen könntest?«

Sie wandte sich wortlos ab.

»Also haben Sie getrennte Schlafzimmer?« fiel ich ein. »Dann sind Ihre Alibis für die Zeit, als Francesca ermordet wurde, keinen Pfifferling wert. Jeder von Ihnen konnte kommen und gehen, ohne gehört oder gesehen zu werden. Also können Sie nicht beweisen, wo Sie waren, als Francesca umgebracht wurde. Und ebensowenig, wo Sie letzte Nacht waren.«

Dunstan schwieg. Die beiden wirkten auf mich wie zwei Menschen an einem weiten, einsamen Strand, die nicht zueinander finden konnten. Sie liefen Seite an Seite, aber jeder für sich allein.

»Sind Sie ganz sicher, daß Ralph Blackwind tot ist?« unterbrach ich schließlich die Stille.

»Ja, vollkommen sicher. Und nun muß ich weg. Keine weiteren Fragen mehr, Fortune. Es sei denn, Sie kommen mit der Polizei und haben mehr als vage Verdächtigungen.«

Grace Dunstan sah ihm nach. Langsam trank sie ihr Glas aus. Dann lächelte sie mich an. Es war ein steifes, lebloses Lächeln.

»Francesca Crawford hat ihn abblitzen lassen, ob er es nun zugeben will oder nicht. Ich weiß es. Er hat recht, ich habe mich diesmal mehr um die Sache gekümmert als bei all den anderen Frauen. Sie war auch ganz anders, ein seltsames Mädchen, eigentlich gar nicht sein Typ. Ich bin ihr zweimal begegnet, und jedesmal hatte ich den Eindruck, daß ihr an Harmon selbst eigentlich nichts gelegen war. Das mit ihrem Vater wußte ich nicht. Sie war mir einfach rätselhaft.«

»Und Sie machten sich Sorgen?«

Sie überlegte einen Moment. »Ja, das tat ich wohl. Alles, was ich nicht kenne, macht mir Sorgen. Ich brauche ein Leben, das ich begreifen kann. Hier, das Haus, unser Geld, meine Möbel. Aber ich habe sie nicht umgebracht.«

»Hoffentlich nicht.« Ich ging nach draußen, zu meinem Wagen.

18

Da ich keinen Parkplatz fand, mußte ich den Wagen in einer Tiefgarage abstellen, sechs Blocks vom *Emerald Room* entfernt. Eine Weile hielt ich nach einem Taxi Ausschau, aber es war inzwischen nach halb sechs, und so machte ich mich zu Fuß auf den Weg. Das Restaurant hatte gerade geöffnet.

Am liebsten hätte ich mich zu einer ausgedehnten Erholungspause an der Bar niedergelassen. Carl Gans war nirgends zu sehen, ein anderer schien jetzt seinen Posten zu haben. Er war noch größer und bulliger. Der neue Rausschmeißer musterte meinen Dufflecoat und den fehlenden Arm. »Wollen Sie was?«

»Ich suche Carl Gans.«

»Der hat frei.«

»Wegen der Ermordung Commissioner Zarembas?«

»Sie wissen also Bescheid, was?« Sein Ton wurde sofort respektvoller. »Ja. Carl hat es völlig umgehauen. War schließlich zwanzig Jahre beim Commissioner. Hat sich 'ne Woche freigenommen.«

»Ist er verreist?«

»Nee, der hockt nur in seiner Bude und läßt sich vollaufen. Kann's ihm schon nachfühlen, ist ihm immer gutgegangen, beim Commissioner.«

»Haben Sie die Adresse? Es ist wichtig.«

»Vierundneunzigste West, Nummer fünfhundertachtzig. Riverside.«

Die Fahrt war lang und mühsam, aber um diese Zeit hätte es noch länger gedauert, ein Taxi zu bekommen. Der Park lag still im herbstlichen Abenddunkel, auf den Straßen hasteten die Leute nach Hause, um der plötzlich einbrechenden Kälte zu entgehen.

Das Haus am Riverside Drive war ein alter Backsteinkasten aus dem vorigen Jahrhundert. Es strahlte eine zurückhaltende Ruhe aus, die Empfangshalle war so peinlich sauber wie eine holländische Wohnstube. Einen Mann wie Carl Gans hätte ich in dieser Umgebung nie vermutet. Er hatte Apartment 4 D. Während ich in einem alten, etwas klapprigen Lift hinauffuhr, überlegte ich, wie der Rausschmeißer vom *Emerald Room* in eine so feudale Umgebung kam.

Apartment 4 D lag am Ende eines langen Flurs. Ich hatte ungefähr die Hälfte des Wegs hinter mir, als ich die Schüsse hörte. Dreimal. Die Wände ließen die Detonationen vielfältig widerhallen. Die Tür zu 4 D stand halb offen. Ich rannte los und griff nach der alten Pistole.

Im nächsten Moment stand ich wieder. Die Pistole war nicht da, sie lag in der Reisetasche im Wagen. Ich verfluchte mich und meine alberne Abneigung gegen Schußwaffen. Aber insgeheim gratulierte ich mir auch. Mit einer Waffe wäre ich wahrscheinlich in 4 D hineingestürmt, ein vortreffliches Ziel für den Mörder, der mich hätte kommen hören. Jetzt aber, ohne Pistole, ging ich viel vorsichtiger zu Werke. So verlor ich Zeit – und wahrscheinlich auch den Mörder. Immer noch besser, als den ganzen Einsatz loszuwerden, mein Leben.

Langsam schob ich die Tür ganz auf. Niemand schoß. Die Wohnung lag im Dunkeln. Irgendwo von hinten kam ein ganz leichtes Geräusch. Ich ging weiter, so leise ich konnte, und kam mir jetzt ohne Pistole splitternackt vor. Der Lieferanteneingang in der Küche stand offen. Ich trat hinaus ins Treppenhaus, und das Herz schlug mir hoch im Hals. Ich lauschte: nirgends ein Geräusch.

Dann schlug unten irgendwo eine Tür zu. Der Killer war weg, und mein Herzschlag normalisierte sich wieder. Ein schöner Detektiv war ich! Ein bewaffneter Killer war mir entkommen, und ich fühlte mich unendlich erleichtert. Aber ich kann nun einmal nicht dafür: Gefahr hat für mich nichts Verlockendes.

Ich ging wieder in die Wohnung. Carl Gans lag auf dem Boden, in einem dunklen Zimmer, dessen Wände voller Fotos hingen, Konterfeis von Boxern, die er irgendwann gekannt hatte. Blut war kaum zu sehen, dafür drei kleine Löcher in der Brust, nicht dicker als ein Bleistift. Kaliber .25 oder .22. Gewöhnlich kann ein Mann zehn solcher Geschosse bremsen, ohne ernsthaft Schaden zu nehmen. Ich kniete mich neben ihn.

»Gans! Wer war es? Können Sie mich hören?«

Er hatte die Augen geschlossen, der Atem ging rauh, Blut gurgelte in seiner Kehle. Immerhin, er atmete. Ich roch Whisky, viel Whisky. Auf dem Tisch, neben der Flasche, stand ein einzelnes Glas. Er hatte den Kummer über Zarembas Tod im Alkohol ertränkt. Nur so war erklärlich, daß ihn der Killer in der eigenen Wohnung überrumpelt hatte.

»Gans?« wiederholte ich eindringlich.

Die Augen waren immer noch geschlossen, er schwebte schon halb in einer anderen Welt. Die Lippen bewegten sich kaum, als er sprach: »Dunkel, hinter mir. Kein Gesicht. Schüsse.«

Die rauhe Stimme kam seltsam klar und fest. Er fragte nicht, wer ich war. Das ging ihn nichts mehr an.

Wieder bewegten sich die Lippen. »Raul Negra. Sie fragte nach Raul Negra. Die kleine Crawford, Raul Negra. Oktober siebenundfünfzig. Zehnter Oktober siebenundfünfzig. Zehnter Oktober siebenundfünfzig. Zehnter Ok . . .«

Der Atem wurde unregelmäßig, kam stoßartig, dann gar nicht mehr. Carl Gans starb ohne einen Seufzer.

Ich stand auf und rief Captain Gazzo an.

Das Licht im Wohnzimmer brannte jetzt. Ich hatte Captain Gazzo alles berichtet, was ich in den letzten Tagen erfahren hatte. Die Sache mit meinem Klienten wußte er bereits, aber er hatte sich nicht weiter dabei aufgehalten. Seine Leute waren in der Wohnung und mit Carl Gans beschäftigt.

»Gans arbeitete für Abram Zaremba, seit vielen Jahren«, berichtete ich. »Jetzt sind sie beide tot. Gans war einer von den Männern, zu denen Francesca hier in New York gegangen ist. Ich kam her, um ihm ein paar Fragen zu stellen. Vielleicht wollte ihn jemand am Antworten hindern. Gans war Francescas letzte Station auf der Suche nach ihrem Vater. Oder vielleicht war das Zaremba. Wir wissen einfach noch nicht genug.«

»Ralph Blackwind«, sagte Gazzo leise vor sich hin. »Hab' noch nicht oft mit Indianern zu tun gehabt, höchstens mal 'nem besoffenen Mohawk drüben in Brooklyn. Jetzt fängt also das Ganze von vorne an, alle überprüfen: Harmon Dunstan, seine Frau, Ihren Klienten, die Bazer, beide Crawfords, Frank Keefer, Joel Pender, die ganze Meute. Jonas wird ganz schön schwitzen.«

»Vergessen Sie Anthony Sasser nicht. Und Carter Vance.«

»Keine Bange. Und wie ist das mit dem fehlenden Monat?«

»Da war sie irgendwo draußen im Westen, glaube ich. Sie hatte indianischen Schmuck, sonst keinen. Fünfzehn Jahre sind eine lange Zeit. Aber für uns wie für Francesca liegt die Wurzel der Wahrheit dort, wo Ralph Blackwind herkam. Im Gefängnis von Auburn müßte man Bescheid wissen. Woher er kam, seine Vergangenheit.«

»Ich werde mich erkundigen«, versprach Captain Gazzo. »Haben Sie irgendwelche Theorien, Dan?«

»Nein, keine. Ich laufe immerzu im Kreise herum.«

Der Polizeiarzt kam zu uns. »Drei Schüsse in die Brust. Zwei trafen das Herz. Wirklich Pech gehabt, der Junge. Wenn die nicht ins Herz gegangen wären, hätte er kaum 'nen Kratzer gespürt. Schüsse aus kürzester Entfernung, Kaliber .22, wahrscheinlich eine kleine Taschenpistole. Die Geschosse stecken noch in der Leiche, zwei sehen ziemlich heil aus. Finden Sie nur die dazugehörige Waffe, und Sie haben den Kerl. Viel Spaß.«

Er ging, um seinen Leuten Bescheid zu sagen, daß sie die Leiche mitnehmen konnten. Gazzo stand auf. »Wenn ich was habe, rufe ich an«, versprach er.

Ich ging zum Auto und fuhr nach Hause. Abermals versuchte ich, Marty anzurufen, wieder keine Antwort. Ich hatte einsame zwei Wochen hinter mir.

19

Das Klingeln des Telefons weckte mich. Die Sonne stand schon ziemlich hoch, und der Wind, der durchs offene Fenster hereinstrich, fühlte sich fast warm an.

»Fortune«, meldete ich mich und wünschte mir zum millionstenmal meinen zweiten Arm wieder. Hätte ich doch wenigstens zur gleichen Zeit telefonieren und mir eine Zigarette anzünden können!

»Hier Gazzo, Dan. Haben Sie Papier und Bleistift zur Hand?«

Ich legte mir einen Notizblock zurecht. »Schießen Sie los, Captain.«

»Ralph Blackwind, geboren im Pine River Handelsposten, Pine River, Arizona, am 12. Juli 1929. Lebte dort, bis er zum Militärdienst ging, im April 1950. Wollen Sie den Gefängnisbericht hören?«

»Ja.«

»Verurteilt wegen Mordversuchs, in Einheit mit gefährlicher Körperverletzung, Dezember 1953. Überwiesen in die Strafanstalt Auburn. Ein schwieriger Gefangener, dauernd Streitigkeiten und Prügeleien. Im Oktober 1956 entfloh er, zusammen mit drei anderen. Ein Wärter wurde umgebracht. Zwei der Flüchtlinge kamen bei der Verfolgung um, ein dritter wurde festgenommen, nicht aber Blackwind. Der Überlebende sagte aus, Blackwind sei in einem See ertrunken. Zunächst wurde keine Leiche gefunden, und es gab eine äußerst intensive Fahndung in allen Staaten. Das hielt Monate an, aber ohne Spur von Blackwind. Schließlich wurde in dem See eine Leiche gefunden, die in allen Einzelheiten, soweit nachprüfbar, auf Blackwind zutraf. Trotzdem wurde die Fahndung, allerdings mit weniger Aufwand, noch zwei Jahre fortgesetzt, bevor man Blackwind 1959 offiziell für tot erklärte.«

Er schwieg. »Klingt recht überzeugend«, meinte ich.

»Ja, aber man kann nie ganz sicher sein, sofern eine Leiche nicht positiv identifiziert wird. Zur Zeit seiner Flucht gab es, soviel man wußte, drei Verwandte: seinen Vater, ›Zwei Bären vor dem Wigwam‹ heißt er, einen Bruder, ›John Zwei Bären‹, schließlich eine Schwester, ›Frau von Zwei Bären‹, alle wohnhaft im Pine River Handelsposten. Sie wurden überwacht und überprüft, ebenso seine Freunde.«

»Wo liegt dieses Pine River?«

»Im Südosten Arizonas. Die nächste Stadt ist Fort Johns mit ungefähr sechshundert Einwohnern, die nächstgrößeren Städte Flagstaff und Gallup in New Mexiko. Die Reservation selbst ist ziemlich klein, hat vielleicht zweihundert Leute, aber viel Land. Apachen, meinen die Indianer, aber der Name klingt mehr nach Navajo.«

»Was ist mit unseren Verdächtigen für den Mord an Gans?«

»Die meisten haben keinerlei Alibi. Nur Anthony Sasser, und über den zerbreche ich mir den Kopf. Er hatte enge Verbindung zu Zaremba, verdient sozusagen an der Erbmasse, und ist der einzige mit einem richtigen Alibi. Nicht einmal Ihr Klient, John Andera, hat diesmal eins. Wir verfolgen weiter alle Spuren.«

Seine Stimme klang nicht eben optimistisch. Es fehlte eben noch ein wichtiges Stück in der Indizienkette, das allerwichtigste sogar. Vielleicht lag es in Arizona verborgen?

»Schätze, ich fliege hin«, meinte ich wenig begeistert.

»Dann vergessen Sie nicht das Serum gegen Schlangenbisse.« Damit legte er auf.

Jetzt endlich konnte ich mir die Zigarette anzünden. Ich hatte wenig Lust auf Pine River, bin eben ein Großstadtmensch. Aber ich rief tapfer an und bekam einen Platz in einer Düsenmaschine, die zwei Stunden später nach Phönix abfliegen sollte.

Mit einer kleineren Maschine bekam ich gleich Anschluß nach Flagstaff, dort mietete ich mir einen Wagen. Ich nahm die Straße 66 nach Osten. Gleich nach Phönix war ich mitten im »amerikanischen Westen«, wie man ihn in der ganzen Welt kennt. Das Land ausgetrocknet, ockergelb und rötlich, halbverdorrtes Buschwerk, lange flache Sandsteinerhebungen, rote Felsenklippen. Und darüber der Himmel, von der Sonne fast weißgebleicht. Hier war man jeden Augenblick auf das wilde Kriegsgeheul der Cheyenne gefaßt, auf Apachenhorden, die aus den Bergen geprescht kamen. Der scharfe Wind trieb Staub in

Wolken vor sich her. Ein ödes, totes Land, wo eigentlich niemand hätte leben sollen: das Geschenk der Zivilisation an die Indianer.

Ich bog schließlich in die Straße 77 ein, später führte mich ein schmales Teerband durch die kleine Stadt Fort Johns, die nur aus einer Straße bestand. Endlich kam ich zur Ortschaft Pine River. Hier gab es nicht einmal eine reguläre Straße. Die Ansiedlung bestand aus einem unregelmäßigen Haufen alter Hütten und Indianerzelte. Zwischen den Behausungen türmte sich Gerümpel. Eines der flachen Holzgebäude war eine Kneipe, gegenüber lag eine Art Tankstelle mit einer einzigen Zapfsäule. Der Teerweg führte schnurgerade zwischen den Hütten hindurch und verschwand am Horizont im Nichts.

Ich hielt vor der Kneipe. Draußen, an der Wand, saßen Indianer. Sie trugen Jeans, Jacken aus Schaffell und breitkrempige weiße Stetsons; alle sahen gleich aus, nur die Stiefel unterschieden sich. Hinter dem Restaurant hockten mehrere Frauen im Kreis auf der Erde, in die reichverzierten indianischen Kleider gehüllt. Etwas abseits standen zwei junge Mädchen in Jeans und Hemden, wie die Männer vorne. Sie wurden von den älteren Frauen nicht beachtet.

Im Lokal nahmen zwei Männer an einer langen Theke ihre Mahlzeit ein, beides Indianer, ebenso die Frau hinter dem Tresen.

»Ich suche den Pine River Handelsposten«, sagte ich.

»Wozu?« fragte die Frau.

»Weil ich jemanden sprechen will. Er heißt ›Zwei Bären vor dem Wigwam‹.«

»Ein sehr alter Mann. Vielleicht ist er tot. Ich weiß es nicht.«

»Das werde ich ja sehen.«

»Suchen Sie die beiden Frauen? Nur noch eine ist da. Die andere ging.«

»Wie komme ich hin?« fragte ich.

»›Zwei Bären vor dem Wigwam‹ ist sehr alt. Ein Häuptling, aber wir haben keine Häuptlinge mehr. Oder meinen Sie seinen Sohn, ›John Zwei Bären‹?«

»Ich suche Ralph Blackwind.«

Sie wischte sich die Hände an ihrem alten Rock ab. »Gehen Sie eine Meile nach Süden, dann den Geröllweg nach links. Nach zwei Meilen kommt der Handelsposten.«

Einer der Männer an der Theke stand auf und ging, ohne zu zahlen. Ich folgte ihm. Der Indianer trabte hinüber zur Tankstelle und verschwand im Innern. Ich startete den Wagen und fuhr nach Süden. Wo der ungepflasterte Weg nach links abzweigte, stand ein verwitterter Wegweiser: Pine River Handelsposten.

Der Weg war kaum zu befahren. Ich mußte den Wagen an tiefen Schlaglöchern vorbei und durch trockene Regenrinnen manövrieren. Es rüttelte so, daß ich zuweilen fürchtete, mir fielen die Zähne aus dem Mund. Bald war von der Straße hinter mir nichts mehr zu sehen; ich war mutterseelenallein in dieser bizarren Landschaft, in einem anderen Jahrhundert. Dann sah ich vor mir Rauch aufsteigen, es sah aus, als käme er mitten aus dem Felsen; kein einziges Gebäude war in Sicht. Erst als ich über eine felsige Anhöhe fuhr, sah ich vor mir ein kleines Tal, das von einem trockenen Flußbett durchschnitten wurde. Ein baufälliges Haus aus Luftziegeln trug ein Schild: Pine River Handelsposten. Ein paar kleinere Häuser, dazwischen Indianerzelte, standen verstreut an den Talhängen. Dazwischen irrten mehrere Fohlen und zwei, drei ausgewachsene Pferde herum.

Ich hielt und betrat den Handelsposten. An einem Schreibtisch hinter einem Tresen saß ein Indianer. Er war allein, und jetzt fiel mir auf, daß ich außer ihm im ganzen Tal bisher keine Menschenseele gesehen hatte.

»Ich suche ›Zwei Bären vor dem Wigwam‹«, sagte ich.

»Er ist alt.« Der Mann sprach, ohne von seiner Arbeit aufzusehen, addierte eine lange Zahlenreihe. Das Ergebnis schien ihn nicht zufriedenzustellen; denn er fing noch einmal von vorne an.

»Außerdem suche ich Ralph Blackwind«, machte ich einen zweiten Versuch.

»Spät kommen Sie, sehr spät«, war sein Kommentar.

»Aber doch nicht zu spät?«

Er drehte sich um und sah mich erstmals an. »Wer weiß?«

»Ist Ralph Blackwind jemals heimgekehrt?«

»Natürlich. Ein Indianer kommt immer wieder heim in sein Land.«

»Ach?«

»Sein Geist kehrt zurück«, erläuterte er.

Ihn hatte nicht einmal mein fehlender Arm interessiert. Jetzt wandte er sich wieder seiner Arbeit zu.

»Wo finde ich ›Zwei Bären vor dem Wigwam‹?« fragte ich. »Ich weiß, er ist ein sehr alter Mann, aber das macht nichts.«

»Sie müssen mir zuhören«, meinte er.

»Dann sagen Sie auch was.« Als ich gerade ungeduldig wurde, kamen zwei Leute herein, ein Mann und eine Frau.

Er war Indianer und klein. Das lang herabfallende Haar wurde von einem Band zusammengehalten. Ich schätzte ihn auf vierundzwanzig. Er trug Jeans, eine Jacke und Cowboystiefel. Die Frau trug ebenfalls Jeans, aber ihre kamen von Saks auf der Fifth Avenue, und die Jacke aus Schaffell war ihr viel zu groß: Felicia Crawford. Jetzt wußte ich, weshalb der Indianer in Pine River plötzlich in die Tankstelle gegangen war. Er hatte in der Handelsniederlassung angerufen.

»Guten Tag, Felicia«, sagte ich.

Sie stellte ihren Begleiter vor: »›Paul Zwei Bären‹, mein Vetter.«

»Dan Fortune«, erwiderte ich und hielt ihm die Hand hin.

Er nahm sie nicht. »Sie haben eine lange Reise gemacht«, meinte er.

»Nicht zu lang, wenn ich hier die Antwort auf meine Fragen finde.«

Felicia sagte: »Francesca war hier, Mr. Fortune. Zwei Wochen lang, damals, im ersten Monat. Das schrieb sie mir in ihrer ersten Nachricht. Daß es hier ganz wunderbar wäre, ein großer Augenblick in ihrem Leben. Sie wüßte jetzt, wer wir sind. Deshalb kam ich her.«

»Das ist alles, was sie schrieb? Nichts über Ihren Vater?«

»Nein, damals wußte ich nichts von ihm.«

»Aber jetzt wissen Sie Bescheid. Was hat Francesca hier noch erfahren?«

»Sie sprach mit meinem Großvater«, sagte der junge Indianer, ›Paul Zwei Bären‹. »Er wird auch mit Ihnen sprechen. Kommen Sie.«

Ich folgte den beiden nach draußen. Der Mann am Schreibtisch rechnete immer noch.

›Paul zwei Bären‹ und Felicia führten mich auf einem ausgetretenen Weg quer durch das trockene Flußbett. Nirgends auch nur ein Hauch von Vegetation, und die einzigen Tiere waren die Pferde. Es gab keine elektrischen Drähte, keine Gasrohre, nur ein einsames Telefonkabel, das im Handelsposten endete.

»Gibt es nie Wasser hier im Fluß?« erkundigte ich mich.

»Manchmal«, sagte ›Paul Zwei Bären‹.

Felicia erläuterte: »Wenn die weißen Rancher flußaufwärts die Dämme öffnen, weil sie zuviel Wasser haben. Der ganze Fluß ist oben aufgestaut; das Wasser gehört den Ranchern. Die töten jeden, der versucht, sich welches zu holen. Den Indianern geben sie nichts ab.«

»Wie viele Indianer leben hier?«

»Hier in der Gegend Tausende«, erwiderte ›Paul Zwei Bären‹. »Zum Handelsposten gehören nur zweihundertzehn. Wir haben Land genug.«

Er lachte, als er mit weitausholender Geste auf die dürre Öde ringsum wies. Der Weg führte die Talwand hinauf, über die Höhe hinweg und in eine schmale Schlucht, wo drei große Indianerzelte standen. Wir betraten das mittlere. An der hinteren Wand saß auf Decken ein alter Mann.

»Dieser Weiße ist gekommen, um mit dir zu reden, Großvater«, sagte ›Paul Zwei Bären‹.

Der Alte war klein und untersetzt, das Gesicht mit den wachen, dunkelbraunen Augen zerfurcht wie eine Felslandschaft. Die Haut hatte die Farbe nassen Leders. Er sah mich aufmerksam an.

Felicia erläuterte: »Er will wissen, was du meiner Schwester gesagt hast – Großvater«, fügte sie nach einer winzigen Pause hinzu.

Der alte Mann lächelte sie an und sagte dann zu mir gewandt: »Was ich ihr erzählte, war nur für sie bestimmt.«

Seine weiche klare Stimme klang gebildet, und er sprach ohne Akzent. Gekleidet war er in alte indianische Tracht, als habe er sein ganzes Leben in der Reservation zwischen seinen Leuten verbracht, aber die Stimme verriet, daß er die Zivilisation der Weißen kannte. Ich merkte, was alle hier sagten: Der Mann war sehr alt.

»Sie ist tot.« Ich versuchte, meiner Stimme Nachdruck zu verleihen. »Ich will ihren Mörder finden.«

»Warum?« fragte er.

»Um sicherzugehen, daß dieser Mensch nicht noch mehr Morde begeht.«

Der Alte dachte nach. »Sie war meine Enkeltochter. Es ist gut, wenn man in meinem Alter noch eine Enkeltochter findet. Diese hier ist auch meine Enkeltochter, und sie lebt. Ist sie in Gefahr?«

»Das weiß ich nicht. Aber es könnte sein.«

Er nickte. »Sie wollen also alles wissen. Aber Sie wissen es doch schon, sonst wären Sie nicht hier.«

»Ich weiß nichts. Ihre Enkelin kam her und suchte ihren Vater, nämlich Ihren Sohn. Aber was fand sie?«

»Das hätte nur sie Ihnen sagen können.«

»Was hatte ihr anderer Großvater ihr mitgeteilt?«

»Daß mein Sohn ihr wahrer Vater war.«

»Das wußte sie von jemand anderem. Lebt Ihr Sohn noch?«

»Nur mein Sohn weiß, ob er am Leben ist«, sagte der alte Mann.

»Kam er um, damals vor fünfzehn Jahren, als er aus dem Zuchthaus ausbrach?«

Der alte Mann saß eine Weile schweigend da. Er hielt die Augen offen, aber der Blick schien nach innen gekehrt. Plötzlich straffte sich der alte Körper.

»Mein Name ist ›Zwei Bären vor dem Wigwam‹, ich bin sechsundneunzig Jahre alt.« Auch die Stimme klang jetzt energischer. »Die Weißen wissen nicht, wer ich bin, wer wir sind. Wir leben in den unsichtbaren Mauern unserer Sitten und Gebräuche. Die Weißen sagen, sie wissen, wer wir sind, aber sie kennen uns nicht, und das ist gut so. Was der weiße Mann kennt, muß er sich nehmen. Er kann nichts dafür, es liegt in seinem Wesen. Er nahm unser Land, unser Wasser, unsere Freiheit, unser Leben. Er nahm uns den Stamm. In den Urkunden werden wir als Apachen bezeichnet. Wir leben wie die Navajos, wie alle Indianer. In Wahrheit sind wir Comanchen. Ein Rest, der sich absonderte, als ich ein junger Mann war. Die Weißen haben uns als Apachen in ihre Bücher eingetragen, so verloren wir unsere Vergangenheit. Dann haben sie uns die Namen genommen und daraus leere Worte gemacht. In unserer Sprache heißt mein Sohn: ›Der in den schwarzen Wind geht‹. Diesen Namen bekam er als Junge, an dem Tag, als er allein hinausging, um einem Tornado ins Auge zu sehen, während wir alle uns verborgen hielten. ›Der in den schwarzen Wind geht‹ – die Weißen haben daraus ›Schwarzwind‹ gemacht, so stahlen sie ihm den Namen. Aber sein Leben können sie ihm nicht stehlen. Nur ein Mann selbst kennt sein Leben, weiß, ob er lebt oder nur über die Erde geht.«

Er hatte die Augen geschlossen, nicht weil er müde war. Nein, ich fühlte, daß er den ganzen Tag sprechen konnte. Aber er wollte ungestört seinen Worten lauschen, wollte prüfen, ob er sie so sprach, wie sie sich anhören sollten. Rede, Unterhaltung, das bedeutete ihm ein Kunstwerk.

»Das alles ist Philosophie«, sagte ich. »Mir geht es um die kleineren Dinge des Lebens. Um eine verlorene Tochter, die ihr Heim sucht, und einen Vater, der lebt.«

»Vielleicht ist es daheim gar nicht immer gut«, erwiderte der alte Mann. »Ich will Ihnen von meinem Sohn erzählen. Wieder eine Geschichte, Mr. Fortune. In meinem Alter hat man nur noch Geschichten, sie sind Teil unseres Lebens. Und für Sie bedeuten sie die Tatsachen, nach denen Sie suchen.«

Seine Augen blieben jetzt offen, aber der Blick schweifte in die Ferne. »Vor vielen Jahren, als ich ein sehr junger Mann von vielleicht fünfzehn Jahren war, da gab es hier in der Reservation nichts als uns und unser Lager. Die nächsten Häuser und Weißen waren in Fort Johns. Wir jungen Männer waren zornig und wild. Siedler und Soldaten hatten uns viel Böses angetan. Vergessen Sie nicht, das war um das Jahr 1890. Die Apachen waren noch ein freies Volk, ein Volk auf dem Kriegspfad. Wir jungen Männer lauschten den Erzählungen über die Taten der Apachen, und wir wollten sein wie sie. Eines Tages planten wir den Überfall auf Fort Johns.

Wir waren nicht mehr als fünfunddreißig, aber Old Nana hatte seinerzeit mit nur zehn Apachen den ganzen Südwesten in Angst und Schrecken versetzt. Und waren wir nicht Comanchen, viel stärker und tapferer noch als Apachen? Wir waren sehr jung, sehr mutig. Also planten wir unseren Überfall. Die alten Männer waren gegen uns, aber sie hatten Angst, uns an der Tat zu hindern, fürchteten sich sogar, offen dagegen zu sprechen. Viele von ihnen waren auch genauso töricht wie wir. Alle waren es, alle, bis auf einen alten Häuptling. Er allein stand im Rat auf und wandte sich gegen uns. Wir wären Narren, sagte er, Narren und Kinder. Unsere Waffen wären nutzlos, wir hätten noch nie in unserem Leben Kampfeslärm gehört. Unser ganzer kleiner Stamm hätte seit zwanzig Jahren nicht mehr das Kriegsbeil ausgegraben, wir wüßten gar nicht, wie man kämpft und was Krieg bedeutet; aber die Soldaten von Fort Johns wären alte, erfahrene Kämpfer, wir kämen ungesehen nicht einmal in die Nähe des Forts. Für unseren Stamm gebe es nur eine Möglichkeit zu überleben: sich von den Weißen fernzuhalten und auf den Beginn einer neuen Welt zu warten. So sprach der alte Häuptling.

Und er sagte, wenn der Rat uns nicht an dem Vorhaben hinderte, würde er es tun. Der Rat war uneins. Zuletzt stand fest, daß der Überfall geschehen sollte. Da bestieg jener alte Mann sein Pferd und machte sich auf den Weg nach Fort Johns. Er würde die Soldaten warnen, sagte er. Er ritt allein los, und wir töteten ihn. Zehn von uns ritten ihm nach und töteten ihn.

Dieser alte Mann war mein Großvater.«

20

»Es kam, wie es kommen mußte«, fuhr der alte Mann fort. »Der Überfall schlug fehl, wir alle wurden getötet oder gefangen genommen; es fielen nur wenige Schüsse. Wir Überlebenden kamen ins Gefängnis, der ganze Stamm wurde grausam bestraft, er wäre fast daran zugrunde gegangen. Seitdem sind wir arm und schwach, und wir haben hier ein Leben in Vergessenheit gefristet. Aber das ist nicht die Geschichte, die ich meine.«

Er war auf seine Art ein großer Künstler, dieser alte Mann, ein Künstler der Worte, der mündlichen Überlieferung. In dem ärmlichen Zelt hielt er uns alle in seinem Bann, Felicia, Paul und mich.

»Was ich meine, ist dies«, hub er von neuem an: »Ehrlicher, aufrechter Zorn, der sich in finstere Wut und Haß verwandelt. Wir jungen Männer damals hatten allen Grund zu ehrlicher Entrüstung und Zorn, aber wir ließen es zu, daß sich dieses Gefühl in finstere, unrechte Wut verwandelte, in eine Wut, die meinen Großvater tötete. Und meinem Sohn ›Der in den Schwarzen Wind geht‹ ist das Gleiche widerfahren. Als Junge kannte er ehrlichen Zorn, Entrüstung über seine, unsere Lebensumstände, und das war gut für ihn, gut für den Stamm. Aber der weiße Mann ist schlau, er versteht zu herrschen, sich die Menschen zu unterwerfen, ihnen die Stärke zu rauben. Der weiße Mann schickte meinen Sohn nach Korea in den Krieg, nahm ihm seinen stolzen, aufrechten Zorn und verwandelte ihn in finsteren Haß. Ein blindwütiger Haß, der sich zuerst gegen Fremde richtete, dann gegen seine eigene Familie, am Ende gegen das Leben selbst. Wir Indianer sind eins mit unserem Lande, die Weißen sind das nicht. Mein Sohn in seinem finsteren Haß verlor das Land, verlor seine Vergangenheit und Herkunft, wurde weiß wie die Weißen. Er übernahm die Gewohnheiten des weißen Mannes, seine Werte und Bräuche, und damit hatte er sein Schicksal besiegelt.«

Der alte Mann stieß in der Stille des Zeltes ein undeutliches Geräusch aus. War es ein Seufzer? Als er weitersprach, hatte die Stimme einen traurigen, müden Klang.

»Mein Sohn wollte seine Zukunft bei uns aufbauen, wollte mit seiner Frau unter uns leben. Als sie sich ihm verweigerte, trieb sein blinder Haß ihn zu Taten, die sein Leben zerstörten. Als ich damals aus dem Gefängnis kam, da bin auch ich durch die Welt gewandert. Aber ich lernte, daß man Menschen nicht besiegen kann, indem man so werden will wie sie. Ich merkte, wie weise mein Großvater gewesen war, und ich kehrte heim mit dem Willen zu warten, bis unsere Zeit kommt, mich und unser Volk in Bereitschaft zu halten. Als mein Sohn aus dem Gefängnis kam, war er ein weißer Mann, Treibholz auf einem leeren Strom.«

Er schwieg, und ich benutzte die Pause. »Aber ist er noch am Leben? Irgendwo?«

»Er geht und setzt seinen Fuß vor den anderen. Irgendwo. Ich weiß nicht, wo«, erwiderte der alte Mann.

»Haben Sie das auch Francesca gesagt?«

»Ihr anderer Großvater hat es ihr gesagt, sie wußte es schon. Vor zehn Jahren hat er einen Brief von meinem Sohn bekommen. Ich weiß es nicht, aber vielleicht liebte der weiße Großvater meinen Sohn. Er behielt für sich, was er wußte.«

»Aber Francesca hat er es gesagt. Und sie kam hierher, zu Ihnen. Was haben Sie ihr mitteilen können?«

»Daß mein Sohn das Gefängnis überlebt hat. Viele Monate später kam er zu uns. Die Polizei war schon hier gewesen, hatte gesucht und ihn nicht gefunden. Mein Sohn, er kannte das Land und den Wind. Er war hergekommen, und niemand hatte ihn gesehen, aber er blieb nicht. Er wußte, daß er nicht bleiben konnte. Er verließ uns, wie er gekommen war, in der Nacht. Einmal schrieb er dann aus Los Angeles, ein anderes Mal, als er bei einem Mann war, den er aus der Armee kannte.«

»Harmon Dunstan? Sein Captain?«

»So hieß der Mann.«

»Und das alles war vor fünfzehn Jahren?«

Er nickte. »Später kam das Geld. Es kam ohne Brief und ohne Namen, aber ich wußte, daß er es schickte. Viel Geld, jedesmal. Es war gut, das Geld, aber Enkeltöchter sind besser. Ich habe zwei neue Enkeltöchter gefunden, und ich bin froh darüber.«

Der alte Mann stand auf, fast mühelos, und verließ das Zelt. Niemand machte Anstalten, ihm zu folgen. Ich hörte, wie ein Pferd langsam davontrabte, in Richtung auf das Hochland. Ein alter Mann, aber stark und rüstig. Ich sah den jungen Indianer an, ›Paul Zwei Bären‹.

»Harmon Dunstan und Los Angeles. Mehr erfuhr sie nicht?«

»Mehr wissen wir alle hier nicht«, antwortete er.

»Und was war mit dem Geld?«

»Es kam in unregelmäßigen Abständen«, sagte Felicia. »Das erste Mal im Oktober 1957. Seitdem vielleicht fünfzehnmal. Viel Geld, jedesmal mindestens fünftausend Dollar.«

»Aber keine Briefe mehr? Als ob er viel Geld verdiente, sich aber der Quelle schämte?«

»Ich weiß nicht, warum das so war«, meinte Felicia.

»Er hatte einen Gefängniswärter umgebracht, Felicia«, sagte ich, »und man hielt ihn für tot. Er mußte sich verstecken. Aber seine Leute hier, die hätten ihn doch niemals verraten. Warum hat er also nicht geschrieben?«

Sie blieb die Antwort schuldig. Ich grübelte. Hatte er sich eine völlig neue Identität geschaffen? Konnte er nicht einmal einen Brief nach Pine River riskieren? Das Datum jener ersten Geldsendung hatte sich irgendwie in meinem Hirn festgesetzt. Oktober 1957. Wo hatte ich das schon einmal gehört? Plötzlich fiel es mir wieder ein: Carl Gans. Die letzten Worte des Rausschmeißers und ehemaligen Boxers: »Oktober 1957«, immer und immer wieder.

»Wie lange sind Sie schon hier, Felicia?«

»Seit dem Abend, als ich Sie aufsuchte. Zuerst wollten sie mir hier nichts sagen. Solange nicht, bis ich ihnen bewiesen hatte, wer ich war.«

»Und seitdem sind Sie ständig hiergewesen?«

›Paul Zwei Bären‹ fiel ein. »Sie war immer hier. Sie hat uns nicht verlassen.«

Er hatte den Grund meiner Frage geahnt, obwohl ich weder Zaremba noch Carl Gans erwähnt hatte. Aber was bewies das? Entweder, daß es die Wahrheit war, oder daß man hier für sie zu lügen bereit war.

»Ich bin gern hier«, sagte Felicia. »Hier fühle ich mich zu Hause.«

»Francesca war auch gern hier, das schrieb sie Ihnen. Aber sie ging wieder weg.«

»Francesca war anders«, sagte ›Paul Zwei Bären‹. »Sie war rastlos, wollte unbedingt ihren Vater finden. Wir sagten ihr, mein Onkel wäre ein verlorener Mensch, der von ihr gar nicht gefunden werden wollte. Aber sie ließ sich nicht abbringen.«

»Und Sie, Felicia?«

»Ich weiß nicht. Wahrscheinlich ist es für mich nicht so wichtig. Fran fühlte sich in Dresden immer verlassener als ich, empfand es mehr als ich, von Mutter zurückgesetzt zu werden.«

»Wieviel wissen Sie von den Ereignissen in Dresden, damals vor achtzehn Jahren? Als Ihr Vater wieder auftauchte, um Sie alle zu holen?«

»Nur das, was man hier weiß. Sagen Sie mir alles, Mr. Fortune.«

Ich berichtete ausführlich, was damals geschehen war, berichtete auch von den Morden an Abram Zaremba und Carl Gans. Ihre Augen wurden immer größer. Als ich fertig war, fragte sie: »Und das alles, weil Fran unseren Vater suchte?«

»Das weiß ich nicht.«

»Und das mit Fran, Mr. Fortune? Wie konnte das geschehen?«

»Da gibt es immer noch eine Menge Möglichkeiten. Sie wandte sich an Harmon Dunstan, und dann zog sie weiter. Meiner Meinung nach stöberte sie eine Spur auf, die fünfzehn Jahre alt war. Die Spur eines Mannes, der für tot gehalten wurde und der den Tod eines Gefängniswärters auf dem Gewissen hatte. Ein Flüchtling, Felicia, der um alles in der Welt nicht entdeckt werden durfte. Wie sollte er wissen, wer sie war? Für ihn vielleicht nur irgendein Mädchen, das sich an seine Spuren geheftet hatte. Und selbst wenn er sie erkannte, was sollte sie ihm nach all den Jahren bedeuten?«

»Also glauben Sie, daß er . . .? Um nicht entdeckt zu werden? Nein, niemals!«

»Vielleicht hatte ihr Tod auch andere Ursachen. Hing zusammen mit Abram Zaremba, dem Anwalt Mark Leland und dem Projekt am Black Mountain Lake. Oder es könnte jemand anderen geben, der verhindern will, daß Ralph Blackwind aufgestöbert wird.«

»Ich habe Angst«, flüsterte Felicia. »Angst vor der Wahrheit.«

»Ehe wir die kennen, müssen wir ihn finden«, sagte ich und wandte mich an ›Paul Zwei Bären‹. »Wie sieht er aus?«

»Ich habe ihn nie gesehen«, antwortete der junge Mann. Aber er zog ein kleines Foto aus der Tasche. »Mein Vater hatte dieses Bild, unser einziges. Es ist zwanzig Jahre alt oder älter.«

Das Foto zeigte einen Jüngling in Jeans, hohen Stiefeln und Stetson, der neben einem Pony stand. Die breite Hutkrempe überschattete das Gesicht, so daß kaum etwas zu erkennen war. Er ähnelte keinem der Männer, denen ich bei der Bearbeitung dieses Falles begegnet war, aber immerhin waren zwanzig Jahre vergangen. Ralph Blackwind hatte eine Menge durchgemacht, aber meistens kann man in dem Jüngling von Zwanzig den Mann von Vierzig wiedererkennen.

Meistens, doch nicht immer. Manche Menschen ändern sich sehr zwischen zwanzig und vierzig, besonders dann, wenn ihnen das Leben hart mitgespielt hat. Trotzdem, wenn es jemand war, den ich kannte, dann müßte ich beim Anblick dieses Fotos doch zumindest etwas geahnt haben, es sei denn . . .

»Hat sich sein Gesicht verändert? Durch den Krieg oder später?«

»Nicht so sehr im Krieg, sagt mein Vater, aber durch seine Flucht aus Nordkorea und später im Zuchthaus«, antwortete ›Paul Zwei Bären‹. »Und bei Schlägereien im Gefängnis ist sein Gesicht schlimm zugerichtet worden. Auch sagt mein Vater, daß er von dem Kampf bei der Flucht schlimme Narben behalten hat.«

Niemand von denen, die mir in letzter Zeit begegnet waren, trug auffällige Narben. »War seine Gesichtsfarbe sehr dunkel?«

»Nein, seine Mutter war eine halbe Weiße. Die letzte Frau meines Großvaters. Ralph wurde geboren, als der alte Mann vierundfünfzig war. Auch sein Haar war nicht schwarz. Mehr dunkelbraun, und es fing vor fünfzehn Jahren schon an, grau zu werden. So sagt mein Vater.«

»Und die Augen?«

»Dunkelbraun, wie bei uns allen.«

Ich nickte. »Also gut. Ich fliege zurück und versuche, Francescas Spur weiter zu folgen. Wollen Sie hierbleiben, Felicia?«

Sie überlegte, sah sich noch einmal in dem ärmlichen Indianerzelt um. »Nein, ich komme mit. Ich will Bescheid wissen, und ich will meinem Vater – Crawford – berichten, was ich hier gefunden habe. Später vielleicht – später kann ich immer noch hierher zurückkommen.«

»Ich gehe mit dir«, sagte ›Paul Zwei Bären‹.

Und so verließen wir Pine River zu dritt.

21

Als wir auf Kennedy Airport landeten, war es früher Nachmittag. Ich brachte Felicia und ›Paul Zwei Bären‹ zu ihrem Anschlußflug nach Dresden. Nach ihren weiteren Plänen fragte ich sie nicht, und ich bot Felicia auch keinen Rat an. Ich fühlte, daß sie sich schon selbst alles zurechtgelegt hatte. Irgendwie schien sie viel erwachsener geworden.

Ich ließ mich mit dem Taxi zur Zweiundvierzigsten fahren und an der Ecke Fifth Avenue absetzen. Dort ging ich in die Hauptbibliothek. Auf mein Verlangen suchte man mir den Mikrofilm von den Ausgaben der *New York Times* im Oktober 1957 heraus. Carl Gans hatte, als er starb, das genaue Datum genannt: 10. Oktober 1957. Ich ließ den Mikrostreifen durch den Vergrößerungsapparat laufen. Carl Gans hatte gewußt, wovon er unmittelbar vor seinem Tode sprach: In der *Times* vom 11. Oktober stand der Bericht auf Seite drei.

Es war eine blutrünstige Geschichte: bewaffneter Überfall auf die

Emerald Room Bar, in letzter Minute vereitelt durch die heroische Tat eines einzelnen, eines Küchenhelfers namens Raul Negra. (Das war der Name, den Carl Gans genannt hatte: Francesca hätte nach einem Raul Negra gefragt).

Unmittelbar, bevor das *Emerald Room* in jener Nacht schloß, waren vier Männer hereingekommen. Sie schossen ohne Warnung, trafen den Rausschmeißer, Carl Gans, ins Bein und töteten einen Leibwächter des Besitzers, Commissioner Zaremba. Dann begannen die Banditen, so die *New York Times,* die Einrichtung zu zertrümmern und die Kasse auszurauben. Raul Negra aber, der sich in der Küche aufgehalten hatte, schlich sich unbemerkt herbei, konnte der Waffe des ermordeten Leibwächters habhaft werden und eröffnete das Feuer. Mit unglaublichem Geschick und katzenhafter Wendigkeit, berichtete die *Times,* benutzte Negra die Tische des Restaurants als Deckung, und er schoß alle vier Eindringlinge nieder, ohne selbst auch nur einen Kratzer abzubekommen.

Die Polizei sprach Negra, der mexikanischer Staatsangehöriger war und kein Wort Englisch konnte, eine öffentliche Belobigung aus. Das Schießen hatte Negra, wie er sagte, in der mexikanischen Armee gelernt. Commissioner Zaremba belohnte ihn mit zehntausend Dollar und gab ihm eine bessere Stellung in seinem Büro in Chikago.

Das war das Ende der Story, und obwohl ich für einen weiteren Monat jede einzelne Ausgabe der Zeitung gründlich durchsah, stieß ich nirgends mehr auf den Namen Raul Negra. Es schien, als habe der sich unsichtbar gemacht. Ich wollte wetten, daß er es getan hatte, und sogar sehr schnell!

Mir war völlig klar, wer Raul Negra wirklich war und warum er für die Polizei kein Englisch konnte. Sein Verhalten bei dem Überfall entsprach dem eines erfahrenen Nahkämpfers, eines Mannes, der im Krieg gelernt hatte, als erster zu schießen und zu überleben. Und noch ein anderes Verhaltensmuster paßte auf den Vorgang, den die Zeitung anschaulich schilderte: das des zähen Indianers, der, von ganzen Polizeiarmeen gesucht, sich Tausende Kilometer von Küste zu Küste geschlichen hatte, ohne auch nur ein einziges Mal gesehen und erkannt zu werden.

Die zehntausend Dollar Belohnung fielen genau mit dem Datum zusammen, als in Pine River zum erstenmal eine große Summe eingetroffen war. Was hatte Abram Zaremba wohl sonst noch für Raul Negra getan? Ihm einen Job gegeben, hieß es in der Zeitung. Aber welchen Job, und war das wirklich in Chikago? Oder hatte Ralph Blackwind den Rest des Geldes dazu benutzt, sein vernarbtes Gesicht operieren und vollständig verändern zu lassen? Damit er sich unerkannt nach New York wagen konnte, vielleicht gar nach Dresden . . .

Bei den Dunstans hatte sich nichts verändert, allerdings stand diesmal nur ein Wagen in der Garage. Ich parkte den Mietwagen am Bordstein und stand zum drittenmal vor der Haustür. Harmon Dunstan selbst öffnete mir.

»Können Sie einen denn gar nicht in Ruhe lassen, Fortune?«

»Erst, wenn die Sache ausgestanden ist. Hat die Polizei Sie wegen des Mordes an Carl Gans überführt?«

»Ja. Ich konnte kein Alibi vorweisen, Grace auch nicht. Sie ist im Augenblick nicht da.«

»Von ihr will ich auch nichts.« Ich schob ihn vor mir her in das makellos saubere Wohnzimmer. »Sie haben Carl Gans gekannt, nicht wahr?«

»Nein, ich bin ihm nie begegnet.«

»Und Raul Negra? Sind Sie dem auch nicht begegnet, damals vor fünfzehn Jahren?«

Er ging zur Hausbar und mixte sich den unvermeidlichen Drink.

»Wann wurde aus Ralph Blackwind Raul Negra?« bohrte ich.

Dunstan kramte umständlich nach einer Zigarette. Ich ließ ihn gewähren. Eile hatte ich ohnehin nicht, und er mußte jetzt reden, ob er wollte oder nicht.

»Ein Skandal war es nicht, was Sie fürchteten«, sagte ich. »Sie hatten ganz einfach Angst, weil Sie einen entsprungenen Sträfling versteckten. Einen Mann, der einen Gefängniswärter auf dem Gewissen hatte. Und womöglich auch noch den Toten aus dem See. Dieser Mann kam zu seinem alten Captain. Am Ende stand der irgendwie in seiner Schuld?«

Es war ein Schuß ins dunkle, aber er traf ins Ziel. Ich hatte das Schlüsselwort gefunden, das ihn zum Reden brachte.

»Zweimal hat er mir das Leben gerettet, in Korea«, sagte Dunstan. Die Worte sprudelten jetzt nur so aus ihm hervor, als hätte er sie aufgestaut seit jener Nacht, als Francesca Crawford ums Leben kam. »Fünf Monate nach seinem Ausbruch kam er hierher. Hatte Glück gehabt, meinte er, die hielten ihn für tot, und er hatte sich quer durchs Land nach Pine River durchschlagen können, ungesehen wie ein Geist, genauso wie er damals aus dem nordkoreanischen Gefangenenlager entkommen war. Er sagte mir nie genau, was geschehen war. Er wußte, daß der Tote aus dem See nach so langer Zeit nicht hundertprozentig zu identifizieren war. Also hatte er eine reelle Chance, solange ihm kein Fehler unterlief. Darum ging er auch wieder aus Pine River weg; dort hätte man ihn finden können.

Er ging nach Los Angeles, aber dort wurde er um ein Haar geschnappt. Daraufhin besorgte er sich gefälschte Papiere, die ihn als den Mexikaner Raul Negra auswiesen, und kam zu mir. Die Polizei hatte mich ausgiebig heimgesucht, und ich glaubte nicht, daß sie nochmals auftauchen würde. Außerdem schuldete ich Ralph viel, so gab ich ihm einen Job bei mir im Büro. Aber ich hatte mich geirrt. Die Polizei ließ sich sehr wohl wieder sehen. Ralph wurde der Boden zu heiß, und er verschwand. Seitdem, seit fast fünfzehn Jahren, habe ich ihn weder gesehen noch von ihm gehört. Ich bereue keineswegs, was ich getan habe, aber immerhin gewährte ich einem flüchtigen Mörder Unterschlupf. Deshalb habe ich in Angst gelebt, seit die kleine Crawford hier auftauchte und dann umgebracht wurde.«

Er nahm einen tiefen Schluck. »Was ich getan habe, ist ein Verbrechen. Ich habe lange und schwer gearbeitet, um mir meine Existenz aufzubauen, und will sie nicht verlieren; es ist alles, was ich habe.«

»Eine Frau haben Sie auch noch. Aber Sie jagen anderen Weibern nach.«

»Eine Ehegattin im juristischen Sinne, aber keine Frau. Vielleicht war dies das Motiv, weshalb ich Ralph damals aus der Patsche half. Auch ihm hatte eine Frau übel mitgespielt. Aber er erwies sich als Mann, kämpfte um sein Recht. Ich konnte das nie. Ich habe ein florierendes Geschäft, ein schönes Heim, viel Geld, aber mit meiner Frau hatte ich einfach kein Glück. Nie, auch damals schon nicht, und ich hab' nichts dagegen tun können.«

Er setzte sich auf einen Barhocker. »Sehen Sie, ich liebe Grace, habe sie immer geliebt. Ich will sie, aber sie hat mich nie gewollt, jedenfalls nicht so, wie ich es gebraucht hätte. Sie macht mein Heim behaglich, sorgt für meine Bequemlichkeit. Eine gute Gesellschafterin, fabelhaft als Gastgeberin, aber sonst nichts.«

Ein andermal wäre mir vielleicht zu seinen Nöten das eine oder andere eingefallen. Aber auch wenn er die Wahrheit sagte, mir und vor allem sich selbst nichts vormachte, mich interessierte das jetzt nicht. Sein Schicksal war mir gleichgültig.

»Wie sah Blackwind damals aus?« unterbrach ich ihn.

»Älter. Er hatte den Kiefer gebrochen gehabt, das Gesicht war vernarbt, die Haare hatte er tiefschwarz und die Gesichtshaut sehr dunkel gefärbt, um wie ein Mexikaner auszusehen. Ich erkannte ihn kaum wieder. Außer mit mir sprach er nur spanisch.«

»Wohin ging er, als er bei Ihnen verschwand?«

Die Antwort ließ auf sich warten. Dunstan leckte sich die Lippen. »Ich schickte ihn zu Zaremba«, gestand er schließlich ein.

Er konnte mir nicht in die Augen sehen. »Na schön, ich hab' Sie angelogen. Ich war zehn Jahre lang Zarembas Investmentberater. Vor sechs Jahren hab' ich mich mit ihm überworfen und ihn seitdem nicht mal mehr gesprochen. Aber als auch er umgebracht wurde, bekam ich es mit der Angst zu tun und log.«

»Wußte Carl Gans, daß Sie Ralph Blackwind zu Zaremba geschickt hatten?«

»Keine Ahnung. Hab' überhaupt nie erfahren, was aus Ralph wurde und welchen Job Zaremba ihm gab. Ich wollte es auch nicht wissen.«

»Eine Zeitlang zumindest war er Küchengehilfe«, sagte ich. »Wo haben Sie noch überall gelogen, Dunstan? Spionierten Sie Francesca nach?«

»Nachspioniert hab' ich ihr nicht. Eher bin ich ihr nachgelaufen wie ein hungriger Hund. Ich schämte mich, das einzugestehen, und außerdem hatte ich Angst.« Er sah mich jetzt wieder direkt an. »Ich hab' ihre Wohnung abends beobachtet, wie ein liebeskranker Halbwüchsiger lag ich auf der Lauer, ob sie Männerbesuch bekam.«

»Und kamen Männer?«

»Ja. An dem Abend, gegen acht. Ein großer blonder Kerl, dreißig vielleicht. Er traf sie auf der Straße, vor dem Haus, und sie gingen zusammen 'rauf. Solange ich da war, kam er nicht wieder 'runter. Ich gab gegen elf Uhr auf.«

»Wollen Sie sagen, Sie selbst sind nicht hinaufgegangen?«

»Nein! Das schwöre ich!«

»Nächstes Mal packen Sie gleich aus, dann ersparen Sie sich eine Woche Zittern.«

»Nächstes Mal? Das gibt's nicht. Jedenfalls nicht für mich. Ich hab' jetzt genug.«

Auf dem Weg nach draußen begegnete ich Grace Dunstan. Ich nickte ihr zu, sprach sie aber nicht an. Sie konnte mir nichts mehr sagen, das für mich wichtig war.

Ich hielt unterwegs, rief John Andera in seinem Büro an und verabredete mich mit ihm bei mir. Als ich kam, wartete er schon, und wir gingen in mein Büro hinauf.

Sein Gesicht wirkte gefaßt, aber die Hände verrieten mir seine Ungeduld. Er konnte die Antworten auf seine Fragen kaum abwarten und hatte doch Angst vor ihnen. »Haben Sie etwas zu berichten, Fortune?«

»Francesca war hier in New York, um ihren richtigen Vater zu suchen«, sagte ich und sagte ihm der Reihe nach alles, was ich herausgefunden hatte. »Haben Sie einen Ralph Blackwind gekannt, vor fünfzehn Jahren? Oder Raul Negra? Hat sie sich bei Ihnen nach einem der beiden Namen erkundigt?«

»Ihr Vater?« Er sah wie erschlagen aus. Vielleicht war ihm der Verdacht gekommen, daß Francesca von ihm selbst gar nichts gewollt hatte, ihn nur als Werkzeug brauchen wollte. »Nein, ich habe nie einen Ralph Blackwind oder Raul Negra gekannt, da bin ich mir ganz sicher. Aber . . . Ja, sie erwähnte einmal den Namen Raul Negra. Jetzt fällt mir wieder ein. Wir sprachen über Minderheiten, über Ausländer, und wie schwer sie hier Arbeit bekommen. Sie wollte wissen, ob meine Firma Mexikaner beschäftigt. Sie kenne einen Raul Negra, der für uns gearbeitet hätte. Ich hatte nie von ihm gehört.«

»Wem gehört Ihre Firma?« fragte ich.

»Zwei oder drei Leuten.«

»War einer davon Abram Zaremba?«

»Ja, er besaß eine Minorität der Anteile. Ich hab' ihn nie gesehen.«

Also wieder Abram Zaremba. Ralph Blackwinds Spuren schienen immer bei ihm zu enden.

»Francesca«, sagte ich, »das bedeutet für uns dreierlei. Sie agierte gegen das Siedlungsprojekt in Dresden; sie sah den Mörder Mark Lelands, und sie war auf der Suche nach ihrem richtigen Vater. Zwei dieser Fakten weisen direkt auf Zaremba, und ich glaube, die Sache mit Mark Leland im Endeffekt auch. Ihr richtiger Vater ist ein entlaufener Sträfling, ein überall gesuchter Mörder, der sich sicher fühlen kann, weil er für tot gehalten wird. Aber Francesca wußte, daß er noch lebte. Sie machte sich auf die Suche nach ihm, nahm alte Spuren wieder auf. Soweit wir wissen, hat er sie das letzte Mal gesehen, als sie noch nicht einmal drei Jahre alt war. Vor achtzehn Jahren. Mußte er sie wiedererkennen? Und konnte sie ihm in diesem Fall etwas bedeuten? Ihm, einem flüchtigen Mörder, dessen einzige Sicherheit darin bestand, ›tot‹ zu sein?«

Ich ließ ihn das in Ruhe verdauen. Er hatte wieder den Gesichtsausdruck eines Mannes, der plötzlich von einem mittelschweren Panzer überrollt wird. »Ihr eigener Vater?« meinte er schließlich. »Halten Sie das für möglich, Fortune?«

»Angst macht vieles möglich. Aber vielleicht hängt das alles auch mit dem Mord an Mark Leland zusammen. Am Ende hat sie in jener Nacht doch mehr gesehen, als sie sagte. Womöglich hatte sie auch Kenntnis von üblen Vorgängen am Black Mountain Lake. Einer von diesen Umständen kostete sie das Leben. Oder alle zusammen.«

Er wußte keine Antwort, und ich fuhr fort: »Abram Zaremba scheint im Brennpunkt all dieser Ereignisse zu stehen. Und er wurde ebenfalls umgebracht. Die Spur Ralph Blackwinds endet bei Zaremba. Anthony Sasser, der Geschäftsfreund der Crawfords, arbeitete mit Zaremba zusammen und kannte Francesca gut. Er steht an der Spitze der Kommission zur Verbrechensbekämpfung, und er beschattete mich in New York, schlug mich schließlich zusammen. Auch Bürgermeister Martin Crawford hat mit Zaremba zusammengearbeitet. Fällt Ihnen daran nichts auf? Beide, Francescas beide Väter, standen in Zusammenhang mit Zaremba. Vielleicht ist das alles Ursache und Wirkung. Was auch der Grund für Francescas Tod war, die Kette der Ereignisse begann, als Mark Leland sich mit ihr in Verbindung setzte. Und das tat er, weil sie Martin Crawfords Tochter war und weil Crawford mit Zarembas Projekt am Black Mountain Lake zu tun hatte. Und das Ergebnis war: Francesca erfuhr, daß ein anderer ihr richtiger Vater war.«

John starrte an mir vorbei zum Fenster hinaus, auf die tristen Wände des Luftschachts.

»Was werden Sie jetzt unternehmen?« fragte er schließlich.

»Die Sache mit Ralph Blackwind der Polizei melden. Wenn sie weiß, daß er am Leben ist, wird sie ihn auch finden. Ich glaube, er steckt irgendwo in Zarembas Organisation und hat fünfzehn Jahre lang sehr eng mit ihm zusammengearbeitet. Jetzt wird man ihn finden, aber hoffentlich rechtzeitig.«

»Rechtzeitig?«

»Carl Gans und Zaremba waren womöglich nicht die letzten Opfer. Als Mark Leland umkam, waren sie nicht in Dresden, sie kannten Francesca nicht. Wenn sie mehr über Lelands Tod wußte als sie sagte muß jemand anderer das erfahren haben. Und derjenige weiß auch, wer sie umgebracht hat.«

»Wissen Sie, wer?« fragte Andera.

»Noch nicht, aber bald. Dann ist da noch Felicia Crawford. Sie folgt den gleichen Spuren wie ihre Schwester. Vielleicht gerät sie genauso in Gefahr.«

»Dann beeilen Sie sich«, drängte Andera.

»Das werde ich tun, sobald Sie mir meine Spesen ersetzt haben.«

Ich gab ihm die Aufstellung, dic ich auf dem Rückflug von Phönix zusammengestellt hatte; sie war nur leicht frisiert. Er zahlte, ohne auch nur genau hinzusehen.

Als er gegangen war, zählte ich das Geld ein paarmal durch. Ich war plötzlich hundemüde und verspürte nicht die geringste Lust, den Fall zu Ende zu bringen. Obwohl sich das Knäuel langsam und unerbittlich entwirrte, empfand ich keinerlei Triumph.

Aber ich tat meine Pflicht, rief Leutnant Gazzo an und berichtete ihm von meinem Trip nach Arizona. Er wollte sich auf die Suche nach Ralph Blackwind machen. Auch mir blieb nichts anderes übrig.

22

Als ich wieder nach Dresden kam, war es gerade dunkel geworden. Die kahlen Bäume tropften im Regen; vor Frank Keefers Haus ließen die durchweichten Blumen die Köpfe hängen.

Celia Bazer öffnete mir. »Sie sind drin«, sagte sie.

Ihr Auge war immer noch schwarzblau geschwollen. Ich wollte sie fragen, warum sie bei diesen Kerlen blieb, aber sie hätte darauf doch keine Antwort gewußt.

Sie sah meinen Blick. »Meistens ist er sehr nett zu mir. Er erlebt immer Enttäuschungen, und wenn ich dann bei ihm bin, kann ich ihm helfen. Manchmal rennt er anderen nach, aber er kommt immer wieder zu mir zurück. Wenn seine Pläne schiefgehen, braucht er mich, nur mich.«

Frank Keefer und sein Onkel, Joel Pender, saßen im Wohnzimmer. Pender starrte trübsinnig auf die Mattscheibe; Keefer hatte ein Bier vor sich. Die Stapel hektographierter Blätter lagen immer noch überall verstreut.

»Was ist aus der Anzeigenkampagne geworden?« erkundigte ich mich.

»Wir haben sie falsch gedruckt, und kein Mensch wollte zahlen«, sagte Keefer schulterzuckend. »Joel hat sich im Datum geirrt, und die Dinger erschienen einen Tag zu spät. Da waren sie völlig sinnlos, und wir konnten keinen Cent herausholen. Zum Teufel damit!«

In Frank Keefer steckte keinerlei Kampfgeist mehr. Er hatte aufgegeben, zumindest für den Augenblick. Pender war da aus anderem Holz geschnitzt. Die hochgezogenen Schultern verrieten grimmigen Optimismus. Irgendwas würde sich schon wieder finden.

Ich wandte mich an ihn. »Sie stammen aus dem Westen, Pender?«

»Aus Wyoming.«

»Und Sie sind weniger als fünfzehn Jahre hier?«

»Weiß ich nicht mehr.«

Ich ließ es für den Moment gut sein und widmete mich Keefer. »Sie haben wieder gelogen, Keefer. Mit New York und Francesca. Sie haben sie dort getroffen, mit ihr gesprochen. Man hat Sie gesehen.«

Er trank einen Schluck Bier. »Na schön, hab' ich sie halt getroffen. Hab's noch mal bei ihr versucht, aber sie warf mich 'raus. Damit hat sich's.«

»Nein. So dumm sind Sie auch wieder nicht. Als Francesca Ihnen damals den Laufpaß gab, hier in Dresden, da wußten Sie genau, daß Sie bei ihr keine Chance mehr hatten. Sie suchten sie in New York auf, weil Sie und Pender es mit der Angst bekommen hatten. Weil Pender im Suff ihr gegenüber ausgepackt hatte. Sie haben Francesca aufgespürt, um sicherzugehen, daß sie nicht verriet, von wem sie die Sache mit ihrem Vater wußte. Denn Sie hatten Angst, was der Bürgermeister Ihnen antun würde.«

Ich drehte mich wieder zu Joel Pender um. »Und Sie, Sie haben irgendwie ein Druckmittel gegenüber Bürgermeister Crawford, nicht wahr? Daher bekommen Sie die guten Jobs bei der Stadtverwaltung. Und das haben Sie an jenem Abend vor Francesca ausgeplappert. Was haben Sie ihr nun wirklich gesagt, Pender? Nur, daß sie nicht Crawfords Tochter war? Das genügt nicht, jedenfalls nicht als Druckmittel gegenüber dem Bürgermeister.«

Celia Bazer und Keefer sahen Pender und mich stumm an. Es schien, als machte es Keefer Spaß, seinen Onkel in der Klemme zu sehen.

»Ich kann immer noch zu Crawford gehen«, bohrte ich nach, »und berichten, daß Sie es waren, der dem Mädchen die Augen öffnete.«

Joel Pender gab nie auf. Irgendwie mußte ich die Zähigkeit des kleinen Burschen bewundern.

»Okay, also ein Abkommen«, meinte er. »Ich schenke Ihnen reinen Wein ein, und Sie halten den Mund. Über alles.«

»Meinetwegen.« Darauf kam es ohnehin kaum noch an.

Pender fluchte noch einmal ausgiebig. »Ich bin schon viel länger als fünfzehn Jahre hier, genaugenommen fast zwanzig. Damals arbeitete ich als Gärtner für den alten Emil van Hoek. Ich kannte Katje. Als sie 1950 nach Hause kam, mit hängendem Kopf und dickem Bauch, da wollten die van Hoeks nicht mitspielen. Sie sollte bei dem Indianer bleiben, wegen der Kinder. Aber nichts da, so was konnte man mit Katje nicht machen. Die wollte ein feines Leben, sonst nichts. Sie ließ sich mit Crawford ein, den kannte sie von der Zeit, als sie beide noch klein waren. Crawford biß an, und Katje war im siebenten Himmel. Aber es gab da noch ein kleines Problem, stimmt's?«

»Sie war verheiratet und hatte Zwillinge«, warf ich ein. »Eine Ehe annullieren zu lassen, ist nicht einfach.«

»Genau. Sie mußten das Ding zurechtdeichseln, und wie – alles doppelter Boden. Die van Hoeks machten nicht mit, drohten sogar, gegen Katje und Crawford auszusagen, hielten zu dem Indianer. Damit wäre die Sache gestorben. Aber was machte Crawford? Er schleppte die Sache weit weg, in Utica, vor den Richter, fälschte die Papiere über den Wohnsitz, nannte falsche Zeugen, die natürlich so aussagten, wie er wollte, und kam irgendwie klar. Ich war einer von den Zeugen. Wir schworen alle, der Indianer hätte Katje sitzen lassen, bevor er nach Korea mußte. Und er wäre schon so lange von ihr weggewesen, daß die Kinder eigentlich gar nicht von ihm sein konnten. Die Sache haute hin, und das ist mein Druckmittel gegen Crawford, wie Sie es nennen. Sehen Sie, die Sache konnte jeden Moment platzen, peng, aus! Alle Aussagen waren schließlich Meineide.«

»Und die van Hoeks, die doch so dagegen waren, hielten still?«

»Was sollten sie machen? Katje hat es ihnen erst gesagt, als sie mit Crawford verheiratet war. Wenn sie dann redeten, war ihre Tochter wegen Betrugs und Bigamie dran.«

»Warum haben Crawford und Katje das alles angezettelt? Warum warteten sie nicht einfach?«

»Schätze, Katje ließ ihn nicht ran', bis sie den Ring am Finger hatte. Und er konnte es wohl nicht abwarten. Sie hatte auch Angst vor der Rothaut, wollte ihn nicht erst um die Scheidung anbetteln müssen, wenn er aus dem Krieg zurückkam. Dachte wohl, wenn alles vorbei war und sie schon wieder geheiratet hatte, würde er stillhalten.«

Ein einleuchtender Grund, fand ich. Wenn jemand aus dem Krieg nach Hause kam, und seine Frau bat ihn anstelle der Begrüßung um die Scheidung, dann würde er sich wohl mit Händen und Füßen dagegen wehren. Stellte man ihn aber vor vollendete Tatsachen, sah es vielleicht anders aus. Schließlich hatte er nur wenige Monate mit ihr gelebt, hatte die Kinder nie gekannt, und die Frau war nun schon bei einem anderen.

»Und das ist alles, was Sie wissen?« fragte Pender.

»Reicht ja auch. Überlegen Sie doch mal, wie es dann weiterging. So, wie sich der Indianer hier aufführte, hatten sie ihn in der Hand, und er mußte den Mund halten. Wenn er den alten van Hoek nicht angeschossen hätte, dann guten Morgen! Dann hätte Blackwind die ganze Sache wie eine Bombe platzen lassen können. Sehen Sie, er war schließlich immer noch Katjes rechtmäßiger Mann, denn die Annullierung war durch falsche Aussagen zustandegekommen und ungültig. Aber er schoß auf den alten Emil van Hoek, und als er mit den Kindern abhaute, konnten sie ihn wegen Kidnapping drankriegen. Crawford hatte jetzt einen Grund, ihm die Polizei hinterherzuschicken. Und als sie den Indianer dann hatten, konnte Crawford einen Handel mit ihm machen. Er würde ihn vor Gericht verteidigen, dafür sorgen, daß man die Anklage wegen Kidnapping fallenließ. Dafür sollte der Indianer über die Sache mit der falschen Annullierung die Schnauze halten.«

Pender langte nach Keefers Bierglas, tat einen tiefen Zug und wischte sich die dünnen Lippen ab. »Was hätten Sie gemacht? Schätze, der Rothaut waren Frau und Kinder inzwischen ziemlich egal, jedenfalls, wenn er daran dachte, was ihm bevorstand. Für Kidnapping gab es damals den elektrischen Stuhl, bestimmt aber lebenslang Knast. Er hatte dem alten van Hoek eins auf den Pelz gebrannt, und Katje brauchte nur unter Eid auszusagen, daß er sie und die Kinder mit vorgehaltener Waffe entführt hätte. Also gab er hübsch klein bei, und Crawford konnte dafür sorgen, daß alle Punkte der Anklage fallengelassen wurden. Bis auf die Sache mit dem alten van Hoek. Da kamen sie nicht von los, und das brachte den Indianer hinter Gitter.«

»Und das alles haben Sie Francesca gesagt?«

»Ja, alles, verdammt! Frank fuhr dann nach New York, um dafür zu sorgen, daß nicht 'rauskam, woher sie es hatte. Crawford hatte immer Angst, daß die Sache herauskam, auch noch, als der Indianer längst tot war.«

»Der Indianer ist nicht tot, Pender.«

Der Kleine blinzelte wie eine Eule. »Nicht tot? Sie müssen 'ne Meise haben, Mann! Der ging doch bei dem Ausbruch drauf.«

»Nein. Und das war es, was der alte Emil van Hoek Francesca erzählte. Ralph Blackwind ist damals, vor fünfzehn Jahren, nicht ums Leben gekommen. Blackwind hatte van Hoek nämlich einmal geschrieben. Vielleicht weil es ihm leid tat, damals geschossen zu haben, wer weiß? Der alte Mann hat es immer für sich behalten. Bis Francesca zu ihm kam und ihm sagte, was sie von Ihnen wußte. Es ist wie beim Kegeln. Fällt der erste, fliegen die anderen nacheinander mit um. Und Sie haben das in Gang gesetzt, Pender.«

Er blieb die Antwort schuldig. Vielleicht dachte er an den Bürgermeister, an sich selbst und seine Zukunft. Oder an einen Indianer, der noch am Leben war?

»Sind Sie beide sicher, daß Francesca nicht noch mehr wußte? Was sagte sie über ihren Vater, Keefer? An dem Tag, als Sie bei ihr waren, an ihrem Todestag?«

»Ich solle mich zum Teufel scheren und da bleiben. Sie hätte eine Spur von ihrem richtigen Vater gefunden. Daß er am Leben war, sagte sie nicht. Aber jemand wäre ihr hinterher, beschattete sie. Deshalb war sie zu Celia gezogen. Wer sie unter Beobachtung hielt, wußte sie nicht. Tony Sasser, der Kumpel vom Bürgermeister, war bei ihr gewesen.«

»Anthony Sasser war in New York bei Francesca? Er hat dort mit ihr gesprochen?«

Keefer nickte. »Sie sagte, er wollte sie nach Hause holen. Aber sie hätte ihm gesagt, sie suche ihren richtigen Vater, und bei ihm wäre auch ihr eigentliches Zuhause.«

»Wann war das? Wann war Sasser bei ihr? Verdammt, warum haben Sie mir das nicht eher gesagt?«

»Eine Woche, bevor sie umgebracht wurde. Und ich werde mich hüten, irgendwas freiwillig über Sasser zu sagen. Nee, Sir, schließlich lebe ich hier.«

Ich machte, daß ich hinauskam. Aber ich sah noch den Ausdruck in Joel Penders Gesicht. Der besagte deutlich, daß Keefers Onkel sich keine großen Illusionen darüber machte, wie lange sie noch in Dresden leben würden.

23

Das Licht aus den Fenstern der Crawfordschen Villa schien durch die regennassen Bäume. Ich fuhr bis direkt vor den Eingang, und eine Hausangestellte öffnete mir. Beide Crawfords waren zu Hause. Sie trug einen enganliegenden roten Hosenanzug, der ihre gute Figur zur Geltung brachte. Crawford trank Whisky.

»Felicia war hier«, sagte er zur Begrüßung. »Sie hat uns alles erzählt.«

»Ist sie immer noch da?«

»Nein. Sie zog mit dem jungen Indianer in ein Motel.« Er schüttelte den Kopf. »Es ist einfach kaum zu glauben.«

»Daß Ralph Blackwind noch am Leben ist? Nachdem Sie beide vor achtzehn Jahren versucht haben, ihn ein für alle Male zu begraben?«

Katje Crawford richtete sich auf. »Er hat uns überfallen, durch seine Schuld wären fast die Kinder umgekommen. Meinen Vater hat er schwer verletzt. Ich hatte ein Recht auf mein eigenes Leben. Wir hatten uns beide geirrt, einen Fehler gemacht, er hätte das einsehen müssen. Statt dessen drehte er durch. Dann hat Martin ihn vor Gericht vertreten, und Ralph kam viel glimpflicher davon, als er es verdiente.«

»So? Nachdem Sie ihn wie eine Warze aus Ihrem Leben entfernt hatten? Die Annullierung der Ehe war Betrug. Crawford hatte Geld und Macht genug, um das zu drehen. Dann kam Blackwind zurück, Sie mußten ihm irgendwie den Mund stopfen. Schließlich hatten Sie Dreck am Stecken, er konnte Sie hochgehen lassen. Aber Sie hatten Glück. Er machte eine große Dummheit, schoß auf Ihren Vater. Damit handelte sich Crawford eine Übereinkunft ein. Ein schöner Handel! Für Sie sprang sein Schweigen dabei heraus, und Sie konnten Ihr vornehmes, reiches Leben in Ruhe weiterführen. Und er? Er bekam eine Zuchthausstrafe zwischen zehn und zwanzig Jahren! Ein junger Bursche, der gerade zwei Jahre in einem nordkoreanischen Gefangenenlager gelitten hatte. Das war Gefängnis genug für ihn, mehr konnte er nicht ertragen. Also brach er aus, tötete einen Wärter und erledigte sich damit selbst. Nur in einem hat er Sie übers Ohr gehauen: Er blieb am Leben.«

Crawford war aufgestanden und tigerte durch das elegante Wohnzimmer. Wieder wirkte er fast willenlos, als hätte er schon vor langer Zeit die Kontrolle über sein Leben verloren. Sah er sich, wie er vor achtzehn Jahren gewesen war? Jung und dynamisch, voller Ehrgeiz?

»Es war ihm doch egal, Fortune«, sagte er. »Ich hab' den Handel mit ihm geschlossen, gut, das war unfair. Aber was konnte ich tun? Ich weiß noch, wie er sagte: ›Katje will Sie, nicht mich. Okay, Sie können sie haben.‹ Konnte ich zusehen, wie unser ganzes Leben ruiniert wurde, auch die Kinder? Ich schwöre Ihnen, ich hab' ihm die mildeste Strafe herausgeholt, die unter den Umständen möglich war. Schließlich hatte er auf Emil van Hoek geschossen und ihn schwer verletzt, fast umgebracht.«

Katje Crawford strich eine Falte aus der enganliegenden Hose. Ihr Gesicht wirkte wie Stein, aber in den Augen lag ein gequälter Blick.

»Er wollte mich mit nach Arizona nehmen, zu seinen Leuten«, sagte sie leise. »Manchmal weiß man nicht, was man will, bis man sich plötzlich entscheiden muß. So ging es mir jedenfalls; mir war auf einmal klar: Ich wollte Dresden, Dresden mit allem Komfort und den Privilegien, die ich hier haben konnte. Als ich entdeckte, daß ich schwanger war, wurde mir das doppelt deutlich. Meine Kinder zwischen Eidechsen in einem Indianerzelt? Niemals!«

Sie nahm eine Zigarette aus einer schmucken Jadedose. »Wir können die Folgen unserer Handlungen nicht immer voraussehen, Mr. Fortune. Verurteilen Sie mich deshalb nicht. Ich versuchte, einen Fehler zu korrigieren, und um Martin an mich zu binden, mußte die Ehe mit Ralph annulliert werden. Ich wollte Martin sofort heiraten. Und die Umstände der Annullierung ketteten uns nur noch fester aneinander. Wir beide hatten uns des Betrugs und der Zeugenbestechung schuldig gemacht. Was später geschah, lag nicht an uns.«

»Nein, Blackwind spielte Ihnen genau in die Hände«, gab ich zurück. »Er neigte zur Gewalttätigkeit, und das tut er wahrscheinlich heute noch. Vielleicht ist das jetzt sogar noch ausgeprägter. Es muß Sie ganz schön geschockt haben, als Sie herausfanden, daß er noch lebt.«

»Geschockt? Warum?« fragte Katje Crawford. »Ich glaube nicht, daß wir Angst haben müssen. Wenn er noch am Leben ist, dann hat er sich fünfzehn Jahre lang nicht in unsere Nähe gewagt. Warum sollte er das jetzt tun?«

Crawford warf ein: »Wir wußten nicht, daß er lebt. Bis Felicia es uns heute abend sagte. Woher hätten wir es wissen sollen?«

»Ganz einfach: Weil Anthony Sasser Francesca vor ein paar Wochen in New York aufgestöbert hat. Und von ihr erfuhr er es.«

»Sasser?« fragte Crawford ungläubig. »Bei Francesca, in New York?«

»Er sprach mit ihr. Und sie sagte ihm, sie sei auf der Suche nach ihrem richtigen Vater, also müssen Sie seit dem Tag wissen, daß Blackwind am Leben ist.«

»Nein«, sagte Crawford bestimmt. »Sasser hat uns nichts davon gesagt. Nein.« Der Bürgermeister sah seine Frau an. Katje Crawford starrte zurück wie im Schock. »Mir hat er auch nichts gesagt«, brachte sie schließlich heraus.

»Also haben Sie ihn nicht ausgeschickt, Francesca aufzustöbern?«

»Nein«, erwiderte Crawford. »Warum auch? Sie war erwachsen.«

»Also hatte er seine eigenen Gründe«, stellte ich fest. Ich ließ das einsinken und fuhr fort: »Felicia weiß vielleicht auch alles, was Francesca erfahren hatte. Das eine oder andere wenigstens. Wo liegt das Motel? Ist es weit?«

»Das *Delaware*«, sagte Crawford. »Nein, nicht weit.«

Katje Crawford stand auf. »Ich suche Tony, werde ihn fragen. Das bekomme ich heraus.«

Sie war aus dem Zimmer, ehe ich richtig begriff, was geschah. Ich wollte ihr nach.

»Bleiben Sie. Lassen Sie Katje gehen«, sagte Crawford.

Die Waffe in seiner Hand sah nicht gerade wie ein Spielzeug aus: ein .38er Colt.

»Soll sie doch zu Sasser gehen«, meinte er. »Sie wird es herausbekommen – oder ihn aufhalten, je nachdem, was zu tun ist. Aber nur sie, Fortune. Sie bleiben hier.«

Er setzte sich in einen tiefen Sessel, aber die Revolvermündung zeigte unverwandt auf meine Brust. Ich mußte daran denken, wie ich Sasser das erstemal in Dresden begegnet war. Er war allein gewesen mit Katje Crawford, allein in dem großen Haus, der Bürgermeister in einer Sitzung.

»Die beiden haben ein Verhältnis?« fragte ich. »Sasser und Ihre Frau?«

»Ja. Ich weiß es seit einiger Zeit. Er ist jünger, stärker, und er wird es weiter bringen als ich. Genau genommen regiert er schon die Stadt, ich arbeite nur für ihn. Katje hat schon seit längerem die Nase voll vom öffentlichen Leben. Tony ist viel aufregender – geschäftlich wie privat.«

»Und sie bekommt, was sie will?«

»Meistens, ja.« Seine Stimme war klanglos, als machte es ihm nicht mehr viel aus.

»Also geht sie jetzt zu Sasser und wird ihm sagen, daß wir von seinem Ausflug nach New York wissen. Aber es ist uns nicht bekannt, warum er Francesca aufsuchte. Und Felicia ist noch in Dresden. Wenn Sasser . . .«

Er stand bereits, von dem Revolver war nichts mehr zu sehen. »Das Motel, schnell! Wir . . .«

»Nein. Ich fahre allein. Und Sie versuchen, Sasser zu finden. Und halten Sie ihn auf. Ich kümmere mich um Felicia.«

Ich lief hinaus in den Regen zu meinem Wagen.

Das *Delaware Motel* war alt und machte einen schäbigen Eindruck. Beim Empfang erfuhr ich, daß Mr. und Mrs. ›Zwei Bären‹ Bungalow fünf hatten.

Aus dem Fenster schien Licht. Felicia öffnete auf mein Klopfen. Sie sah nachdenklich aus, als hätte sie gerade über wichtige Dinge gesprochen. »Mr. Fortune! Haben Sie etwas herausbekommen?«

»Einiges.«

Sie trug immer noch die Jeans und die Jacke aus Schaffell. Paul saß auf einem Stuhl.

»Was haben Sie Ihren Eltern gesagt, Felicia?« fragte ich.

»Alles. Alles und nichts. Sie wollten wissen, was ich jetzt vorhabe. Das weiß ich selber nicht.«

»Warum sind Sie dann überhaupt zurückgekommen. Vielleicht, um das Rachewerk zu vollenden und Francescas Mörder umzubringen?«

Paul ›Zwei Bären‹ stand auf, aber ich sah nirgends eine Waffe. Felicias Handtasche lag auf dem Tisch. Ich bewegte mich möglichst unauffällig darauf zu.

»Carl Gans ist mit einer Waffe vom Kaliber .22 erschossen worden. Und in Pine River würde man für Sie vor keiner Lüge zurückschrecken. Die sagen, Sie wären nie weggewesen. Wußten Sie, daß Anthony Sasser Francesca in New York ausfindig machte? Und daß sie eine Woche später tot war? Steht Sasser als nächster auf Ihrer Liste?«

Hinter mir ging die Tür auf. Ich reagierte nicht. Die Tür fiel leise ins Schloß, und Felicia starrte über meine Schulter hinweg. Aus ihrem Gesicht konnte ich lesen, daß jemand eine Waffe auf mich gerichtet hielt.

»Willkommen, Andera«, sagte ich, ohne mich umzudrehen. »Ich habe Sie erwartet.«

Hinter mir sagte John Anderas Stimme: »Ihr beiden verschwindet jetzt.«

»Verschwinden?« Felicia Crawford stand die Angst im Gesicht geschrieben. Angst – und noch etwas anderes. Erstaunen, Grübeln, Erwartung. Erkannte sie instinktiv den Mann, den sie nie gesehen hatte? »Ich bin Felicia Crawford«, sagte sie zögernd.

»Ich weiß, wer Sie sind«, erwiderte Andera. »Packen Sie Ihre Sachen, machen Sie schon. Und gehen Sie, beide. Kommen Sie nicht zurück.«

Paul ›Zwei Bären‹ verstaute die wenigen Habseligkeiten in den zwei kleinen Koffern. Felicia stand still da.

»Ich will bleiben«, sagte sie schließlich. »Und mit Ihnen reden.«

Ich fragte: »Kann ich mich umdrehen, Andera?«

»Drehen Sie sich um.«

Er stand dich an der Tür, ein ganz anderer Mann. Statt des unaufdringlichen Geschäftsanzugs trug er ein enganliegendes schwarzes Trikot, schwarze Leinenschuhe, die vom Regen getränkt waren, einen schwarzen Regenmantel und einen schwarzen weichen Hut. Im Dunkeln mußte er so gut wie unsichtbar sein. Der Blick der blauen Augen war hart und klar, das Gesicht undurchdringlich und reglos, mit Ausnahme eines nervösen Zuckens am linken Auge. Seine Augen waren auf Felicia gerichtet, und ich ahnte, wie es hinter der unbewegten Maske in ihm arbeitete.

»Gehen Sie, Miss Crawford«, wiederholte er. »Und lassen Sie die Polizei aus dem Spiel, wenn Sie wollen, daß Fortune lebend gefunden wird.«

»Geben Sie ihm denn überhaupt eine Chance?« Sie sah ihn immer noch unverwandt an, mit einer Mischung aus Furcht, Hoffnung und Erkenntnis.

»Vielleicht, vielleicht auch nicht«, erwiderte Andera. »Aber wenn Sie die Polizei rufen, ist es aus.«

»Gehen Sie, Felicia«, sagte ich. »Es ist zu spät. Gehen Sie zurück nach Pine River oder nach Hause, wohin Sie wollen. Aber gehen Sie.«

Paul ›Zwei Bären‹ war fertig und stand abwartend da, die beiden Koffer in der Hand. Felicia nahm ihn am Arm, und sie gingen zur Tür. Als sie an Andera vorbeikamen, wollte Felicia etwas sagen, aber er schüttelte nur den Kopf und deutete mit dem Revolver nach draußen. Mit der freien Hand berührte er sie leicht an der Schulter. Paul ›Zwei Bären‹ schob sie sanft zur Tür.

Wir waren allein. John Andera setzte sich und deutete mit dem Kopf auf den zweiten Stuhl. Als ich saß, legte er den Revolver auf den Schoß. Mit beiden Händen rieb er sich die Augen, als schmerzten sie. Ich machte keine Bewegung. Die Waffe schien vergessen, aber ich glaubte nicht ganz daran. Ich hätte keine Chance gehabt. Gegen ihn nicht.

»Sie wußten, ich würde Ihnen folgen«, stellte er fest. »Ihre Geschichte von dem anderen, der Francesca auf die Spur gekommen war . . . Und daß Felicia in Gefahr sei. Dann hier, eben, daß Sie sie verdächtigen. Das alles war geplant.«

»Ja. Wenn ich richtig lag, waren Sie irgendwo hier in der Nähe. Schließlich sind Sie mir schon mal gefolgt, zu Abram Zaremba.«

»In der Tat, Sie sind ein guter Detektiv. Das ist einer der Gründe, warum ich Sie genommen habe. Man hat mir gesagt, daß Sie gut sind.«

Gegen früher hatte sich die Stimme, seine ganze Art vollständig gewandelt. Er strahlte Selbstvertrauen aus, die Überzeugung, seinen Job ausführen zu können, ganz egal, wie. Wenn er etwas anpackt, war die Sache so gut wie erledigt. Diese Haltung drückte keine Arroganz aus, eher eine simple Tatsache. Er war ein ganz anderer Mann. Das Doppelleben war ihm zur Natur geworden, er benahm sich instinktiv richtig, brauchte gar nicht erst nachzudenken. In meinem Büro, da hatte er den John Andera nicht gespielt, nein, er war John Andera gewesen. Und jetzt war er jemand anderer.

»Ein liebes Mädchen«, sagte er. »Felicia. Was wird sie jetzt tun?«

»Sie wird schon zurechtkommen. Vielleicht geht sie wirklich nach Pine River. Darüber würden Sie sich doch freuen, nicht wahr? Ihre Leute, Ihr Zuhause. Das war auch Ihr sehnlichster Wunsch damals.«

Ich hielt den Blick auf den Revolver in seinem Schoß geheftet. Aber das war reine Gewohnheit, ich konnte nichts gegen ihn tun. Wenn er mich erschießen wollte, war ich machtlos.

»Ja«, sagte er nachdenklich. »Das hat mir am meisten gefehlt. Die Luft, die Erde, das weite Land. Es ist ein rauher, trockener Boden, nicht so weich und schwammig wie hier. Sie haben ihn ja gesehen.«

»Der in den schwarzen Wind geht«, sagte ich langsam. »Ein guter Name. Ihr Vater ist stolz auf ihn. Auf den Namen Ralph Blackwind war er gar nicht so stolz, und John Andera würde ihm überhaupt nicht gefallen.«

Sein Lächeln war dünn. »Verrückte Idee, so einfach 'raus in den Tornado zu laufen. Ich war sehr jung. In der Armee haben sie mich gezwungen, meinen Namen zu ändern: Blackwind. Namen bergen bei uns einen Zauber, wußten Sie das? Als ich meinen Namen änderte, verlor ich die Kraft des Zaubers. Was dann kam, hat kommen müssen, würden unsere Alten sagen. Weil ich meinen Namen verlor.«

»Vielleicht haben die Alten recht?«

»Warum nicht? Diese Erklärung ist so gut wie jede andere.« Er schwieg. »Wie sind Sie hinter mein Geheimnis gekommen? Nicht wahr, Sie wußten Bescheid, als Sie aus Pine River zurückkamen? Oder haben Sie mir meine Geschichte von Anfang an nicht geglaubt?«

»Doch, ich hab' sie geglaubt, mehr oder weniger. Sie hätte wahr sein können, aber bei dem Geld, das Sie zahlten, konnte auch alles gelogen sein. Ich war mir damals nicht sicher.«

»Und seit wann waren Sie sicher?«

Die Szene hatte etwas Gespenstisches. Da saßen wir beide und unterhielten uns ruhig, fast unbeteiligt, wie zwei Reisende in einem Zug. Beide taten wir so, als gäbe es den Revolver in seinem Schoß nicht. Und auch nicht die Morde, die wie ein schweres Gewicht über dem stillen Motelzimmer lasteten.

»Mir fiel etwas auf«, sagte ich. »Niemand hatte sie jemals mit Francesca zusammen gesehen; niemand hatte je von Ihnen gehört. In Francescas Leben war keine Spur von Ihnen, bis zu dem Tag, als Sie in meinem Büro auftauchten. Ihre Bekanntschaft mit Francesca datierten Sie so spät wie nur möglich. Sie hatten sie nie in der Wohnung besucht, sagten Sie. Aber irgend jemand hätte sie gesehen haben oder wenigstens Ihren Namen gehört haben müssen. Schließlich hatte sie eine Wohngenossin. Und mehrere Leute waren fast ständig um sie herum, beobachteten sie sogar. Sie sprach mit anderen, schrieb ein paar Briefe. Aber nirgends eine Spur von Ihnen, auch nur die kürzeste Erwähnung. Und das erschien mir seltsam, sofern Ihre Geschichte wahr sein sollte.«

»Ja.« Es war eine Feststellung, als hätte er dieses Risiko immer einkalkuliert.

»Für alles, was ich von anderen erfuhr, gab es irgendwo eine Bestätigung. Alle Personen und ihre Aussagen trafen sich an einem oder dem anderen Punkt, alles war miteinander verwoben. Nur Sie paßten nirgends hinein. Nichts verband Sie mit den Ereignissen, jetzt oder in der Vergangenheit, außer Ihrer eigenen Story. Francesca folgte der

Spur ihres Vaters, und die führte ins *Emerald Room,* aber nicht weiter. Dort arbeitete sie noch, als sie starb. Und nur Sie behaupteten, Francesca hätte jemals über Raul Negra alias Ralph Blackwind gesprochen, und zwar mit Ihnen.

Auch Ihre Version, Sie hätten Francesca bei einer Party kennengelernt, paßte nicht in das Bild. Francesca war nicht auf Vergnügungen aus, ging ihnen sogar aus dem Wege. Für sie gab es nur die Spur, die sie verfolgte, sie war wie ein Schweißhund. Aber die Spur führte weiter, soviel ist sicher, wenn man an die Ereignisse von damals denkt: Überfall auf das *Emerald Room* und Raul Negras Heldentat. Zaremba gibt Negra einen anderen Job. Ich vermutete, daß er diesen Job bis heute behalten hatte. Und Sie sagten mir, Zaremba wäre einer der Eigentümer Ihrer Firma.

Mir fiel ein, was Katje Crawford über Sie gesagt hatte. Welch ein großer Kinderliebhaber Sie seien. Wenn Sie nun für Zaremba arbeiteten, konnten Sie oft in Dresden oder in der Nähe sein, ohne daß jemand hinter Ihr Geheimnis kam. Schließlich ging mir auf, daß Sie und die Firma Marvel Büro-Ausstattungen die nächste und letzte Station der langen Spur waren. Aber Francesca war nicht bis zu dieser Station gekommen. Wenn Francesca Sie nicht gefunden hatte, dann mußten *Sie* sie gefunden haben. Und dann die Schüsse vor meinem Bürohaus. Warum sollte man auf mich schießen? Dem Augenschein nach waren Sasser und die anderen nur darauf aus, wer mein Auftraggeber war. Warum also auf mich schießen? Darauf gab es nur eine Antwort: Die Schüsse hatten gar nicht mir, sondern Ihnen gegolten. Und warum? Weil Sie Ralph Blackwind sind, Francescas richtiger Vater.«

Er saß nur da und nickte, als bewundere er meine Argumentation. Wahrscheinlich tat er das auch. Er war ein Profi, der gute Arbeit würdigen konnte.

»Ihr Gesicht ist dunkel«, fuhr ich fort. »Auch das paßt. Nicht sehr dunkel, nicht zu auffällig. Ihre Mutter war Halbweiße. Und ergrauendes Haar kann man dunkel färben. Etwas größer sind Sie; wahrscheinlich tragen Sie dicke Sohleneinlagen. Und Ihre blauen Augen? Gefärbte Kontaktlinsen. Das Gesicht haben Sie schon vor vielen Jahren durch eine kosmetische Operation verändern lassen.«

»Ja«, gab er zu. »Sobald ich dafür das Geld und die Verbindungen hatte. Das Geld gab mir Zaremba, als ich seinen Laden freigeschossen hatte. Zaremba hatte auch die nötigen Verbindungen. Ich ging zu einem der ersten Fachleute für plastische Chirurgie. Er ließ die Narben verschwinden, behandelte die zerschlagenen Knochen. Danach erkannte ich mich selbst nicht wieder. Ich dachte damals, jetzt wäre ich endlich sicher, hätte es geschafft. Ralph Blackwind, ein Mann, der schließlich doch noch Glück hatte.«

Wieder rieb er sich die Augen. Wahrscheinlich störten ihn die Kontaktlinsen, wenn er müde war. »Glück«, sagte er. »Nach dem Ausbruch war alles Glück. Glück und die unglaublichsten Zufälle. Dort an dem See, wo ich mich versteckt hielt, kam mir ein Tramp in die Quere. Der Narr erkannte meine Sträflingskleidung und versuchte, mich dingfest zu machen. Ich tötete ihn. Darin bin ich Experte, die Armee hat mich gut ausgebildet. Ich vertauschte die Kleidung, steckte ihm meine Erkennungsmarke an, brach ihm den Arm und warf ihn in den See. Ich hatte Steine an die Leiche gebunden, aber sie ging nicht gleich unter. Glück, verstehen Sie?

Die beiden, die mit mir ausgebrochen waren, kamen nämlich unmittelbar danach an den See. Sie sahen die Leiche noch und dachten, es wäre ich. Sie versuchten sogar, 'rauszuschwimmen, aber da sackte der Tote ab. Wieder nichts als Zufall, Fortuna. Ich blieb versteckt und zeigte mich meinen Kumpels nicht, ließ sie allein weiterfliehen, in dem Glauben, ich sei ertrunken. Den Rest wissen Sie. Einer überlebte und sagte der Polizei, ich wäre ertrunken; schließlich glaubte man das auch.«

Er strich über den Revolver, in Gedanken bei den Verfolgern von damals. »Um einen solchen Ausbruch aus dem Zuchthaus zu überleben, muß man schon viel Glück haben. Der Tramp hatte eben keinerlei Angehörige, keine Freunde, niemand meldete ihn als vermißt. Als Monate vergingen und sie keine Leiche gefunden hatten, wußte ich endlich: Ich hatte eine reelle Chance. Mit der Gesichtsoperation und mit Zaremba als Beschützer fühlte ich mich schließlich sicher.«

Aber sein Blick spiegelte das Elend der Gehetzten. »Sicher!« wiederholte er bitter. »Immer auf dem Sprung, angespannt, meiner Sache nie ganz gewiß. In Dresden so oft wie nur möglich, aber immer mit Vorsicht, Vorsicht! Nie, nie konnte ich meine Kinder kennenlernen, sie berühren. Und dann war Francesca tot – ermordet! Ich mußte wissen, wer sie auf dem Gewissen hatte. Die Pest über sie alle!«

Das Echo seines Zornausbruchs verklang. Von draußen kam nur das stete Geräusch des Regens. Mein Blick hing an dem Revolver, Schweiß lief mir über den Rücken, aber ich mußte es sagen.

»Wer Ihre Tochter auf dem Gewissen hat, fragen Sie? Dabei wußten Sie von Anfang an, wer der Mörder war.«

Hinter den blauen Kontaktlinsen meinte ich, scharfe dunkle Indianeraugen zu sehen.

Ich fuhr fort: »Zwei der Morde waren höchst fachmännisch ausgeführt, die Arbeit eines Experten. Ihre Arbeit, Andera. Denn Sie sind ein Berufskiller, und Sie haben Francesca umgebracht.«

25

»Hätte Francesca Sie gefunden«, setzte ich meinen düsteren Monolog fort, »so hätten Sie ihr kein Haar gekrümmt. Nein, Sie wären einfach wieder untergetaucht, vom Erdboden verschwunden. Ihr Leben war voller Gewalttaten, voller Morde. So einfach lassen Sie sich nicht umwerfen, kaum etwas kann Sie noch schocken. Aber an jenem ersten Tag in meinem Büro, da standen Sie unter schwerem Schock. Sie gierten geradezu danach, mich zu engagieren, damit ich 'rausbekam, wer Francesca getötet hatte. Warum? Ein entflohener Sträfling, den noch dazu eine Mordanklage erwartet, hat allen Grund, unsichtbar zu bleiben, einen weiten Bogen um die Polizei zu machen und die Aufklärung des Mordes – selbst an seiner eigenen Tochter – anderen zu überlassen. Aber Sie riskierten es, daß ich oder die Polizei hinter Ihr Geheimnis kam. Dafür mußten Sie einen sehr zwingenden Grund haben.«

»Sie war meine Tochter. Ist das nicht Grund genug?«

»Nein. Grund zur Trauer vielleicht. Aber nicht Grund genug, um jemanden wie Sie aus seinem Schlupfwinkel zu locken. Dazu mußten Sie schon einen übermäßig starken Antrieb haben – Haß, zum Beispiel. Ich hab' ja schon gesagt: nicht Francesca hat Sie gefunden, Sie haben Francesca gefunden. An jenem ersten Tag hatten Sie zwei Zeitungsausschnitte bei sich. In dem ersten Artikel war das Mädchen lediglich als Fran Martin identifiziert. Gut. Aber wenn Sie sie als Fran Martin gekannt hatten, warum waren Sie dann nicht einen Tag eher zu mir gekommen? Sie standen unter Schock, mußten unbedingt wissen, wer sie umgebracht hatte, aber zu mir kamen Sie erst am Tag darauf, als das Mädchen in dem zweiten Zeitungsbericht als Francesca Crawford identifiziert worden war. Francesca Crawford – Ihre Tochter.

Als mir die Bedeutung dieses Umstandes aufging, war ich sicher, daß Sie Francesca nie begegnet waren, schon gar nicht als Fran Martin, sonst wären Sie einen Tag früher gekommen. Nein, Sie hatten Fran Martin überhaupt nicht gekannt, jedenfalls nicht vor ihrem Tod. Warum also hatten Sie aus der ersten Zeitung den Bericht über den Mord an Fran Martin ausgeschnitten? Welches Interesse konnten Sie an einem Mädchen haben, das Sie bis dahin nie gesehen hatten? Oder vielleicht doch? Sie wußten nur nicht, um wen es sich handelte, bis der zweite Bericht in der Zeitung erschien.«

Die falschen blauen Augen sahen mich aus dem dunklen Gesicht ruhig an. »Welche Beziehung soll ich also zu einem Mädchen namens Fran Martin gehabt haben?«

»Ich konnte mir keine vorstellen. Keine, es sei denn, Sie waren ihr Mörder. Ein Profi, der die Berichte über seine Opfer aus der Zeitung ausschneidet, um informiert zu bleiben. Aber dann erschien die zweite Story. Da müssen Sie das Gefühl gehabt haben, als bräche die Welt unter Ihnen zusammen. Als Sie zu mir kamen, waren Sie verzweifelt, litten an einer unheilbaren inneren Wunde: ein Mann, der seine eigene Tochter umgebracht hat. Und das war der übermächtige Antrieb, der Sie die Entdeckung riskieren ließ. Sie mußten um jeden Preis herausfinden, wer Sie ausgeschickt hatte, Ihre eigene Tochter zu ermorden. Unerkannt, in einem dunklen Schlafzimmer.«

Er reagierte nicht, jedenfalls nicht erkennbar. Aber innerlich, soviel stand für mich fest, war er am Verbluten.

»Sie wußten nicht, wer es war, der Francesca aus dem Weg haben wollte, stimmt's? Das allein erklärt Ihre Handlungen nach dem Tod des Mädchens, und als mir das klar wurde, fielen die Puzzlesteine wie von selbst zusammen. Das Geld, das Sie nach Pine River schickten, und zwar in unregelmäßigen Abständen: immer wenn Sie einen Auftrag erledigt hatten. Viel Geld jedesmal, also war die Arbeit gut bezahlt. Und Sie haben sich fünfzehn Jahre in New York versteckt. Mit anderen Worten: Sie mußten Protektion haben. Ihrer Alibis waren Sie sich immer so sicher, weil gute Alibis zu Ihrem Job gehören. Und der Job, den Abram Zaremba Ihnen vor fünfzehn Jahren gab, war die Arbeit eines bezahlten Killers.

Ein Berufsmörder, das ist Ihr wirklicher Job, und Sie töteten Francesca im Auftrag. Ihre Opfer haben Sie nie gekannt, nicht wahr? Das ist bei einem Berufskiller so üblich. Auch in diesem Fall wußten Sie nicht genau, wen Sie töten sollten, und auch Ihr Auftraggeber war Ihnen unbekannt. Ich weiß nicht, wieso Sie Francesca nicht erkannten, Sie müssen sie doch in Dresden öfter gesehen haben. Aber so muß es gewesen sein, ein irrsinniger Zufall, ein Alptraum.«

»Nein, kein Zufall«, fiel er ein. »Eher Schicksal. Im Gefängnis hab' ich viel gelesen, manchmal auch griechische Dramen: zwei Männer begegnen sich, einer bringt den anderen um – er war sein Bruder! Alles vom Schicksal bestimmt. Es mußte so kommen damals, daß ich Katje begegnete, obwohl ich doch meiner Herkunft nach mit solch einer Frau nie etwas zu tun haben konnte. Es mußte so kommen, daß ich nach Korea geschickt wurde, dann daß Katje mich über Bord warf. Ich mußte herkommen nach meiner Rückkehr, mußte den alten van Hoek fast erschießen, den einzigen, der zu mir gehalten hatte. Weiter: Das verrückte Glück bei meiner Flucht, der Überfall aufs *Emerald Room*. Und es mußte auch sein, daß ausgerechnet Zaremba der Besitzer war, der mir den großen Job anbot, Vertragskiller. Schicksal, alles Schicksal, aber mir war das damals ganz egal. Gut, ich war Berufsmörder, aber was sollte das einem ausmachen, der auf der Flucht war und einen Wärter umgebracht hatte? Ein paar Morde mehr oder weniger, bei guter Bezahlung und starker Protektion?«

Er schlug sich mit dem Revolver gegen den Schenkel, immer und immer wieder. »Kein Zufall, Fortune. Eine Schicksalskette, und das Schicksal sind wir. Schließlich nahm ich den Job, den mir Zaremba anbot, nur zum Teil wegen des Geldes. Er bot mir außerdem die Möglichkeit, oft in Dresden zu sein, in der Nähe meiner Kinder. Vielleicht konnte ich ihnen einmal helfen, auf jeden Fall wollte ich darauf achten, daß Katje und Crawford sie gut behandelten. Und dabei konnte ich immer unerkannt und in Deckung bleiben. Mein neues Gesicht! Ich war sogar ein paarmal bei Crawford, und nicht einmal Katje hat mich wiedererkannt. Vor einigen Monaten, als ich zu Tony Sasser ging, war sie bei ihm. Wir haben uns sogar die Hand gegeben!«

»Zu Sasser gingen Sie? Warum?«

»Wegen eines Jobs. Sehen Sie, keine Spur von Zufall. Wenn es einen Auftrag in Dresden zu erledigen gab, schickte Zaremba mich. Das war ganz selbstverständlich. Ich war sein bester Killer, kannte Dresden. Wen sollte er sonst schicken?«

»Also Sie haben Mark Leland umgebracht?«

»Ja«, antwortete Andera oder Ralph Blackwind. »Ich kannte seinen Namen nicht und hatte keine Ahnung, warum er aus dem Weg geschafft werden sollte. Das habe ich nie gewußt, bei keinem. Auch war es nicht immer Zaremba, der jemanden umgebracht haben wollte. Der Commissioner ließ mich auch Aufträge für andere Leute erledigen, verstehen Sie? Also tötete ich Leland. Ein Mädchen sah mich, als ich weglief. Nicht gut genug, um mir zu schaden, da war ich sicher. Trotzdem tauchte ich zur Vorsicht in New York unter. Später ließ Zaremba mir ausrichten, das Mädchen könne mich nicht identifizieren.«

Bis dahin hatte er fast automatisch gesprochen, wie einer, der unter Sprechzwang steht. Aber nun kamen die Worte abgehackt. »Vor drei Wochen sagte mir Zaremba, die Kleine in Dresden hätte doch mehr gesehen, als jeder glaubte. Womöglich wußte sie sogar, wie ich aussah. Auf jeden Fall, sagte Zaremba, sei sie mir auf der Spur! Das hatte ihm jemand mitgeteilt, und Zaremba sagte, man müsse dem Mädchen ein für allemal den Mund stopfen. Er sagte mir, wo sie wohnte. Ich ging hin und brachte sie um.«

Der Revolver zitterte in seiner Hand. Seine Selbstkontrolle wurde zusehends schwächer, die Stimme klang jetzt rauh.

»Ich hatte sie seit vier Jahren nicht mehr gesehen. Sie hatte sich sehr verändert und zog sich ganz anders an. Als ich die Sache vorbereitete, sah ich sie sogar auf der Straße. Verstehen Sie, ich mußte sie vorher beobachten, um sicherzustellen, daß ihre Freundin aus dem Haus war. Später, im Zimmer, war es dunkel. Ich tötete sie und verschwand. Schnell 'rein, schnell wieder 'raus so arbeite ich. Meine eigene Tochter!«

Ich wußte nichts zu erwidern. Natürlich konnte ich ihn verurteilen, aber das hatte er bereits selbst getan. Mitleid? Vielleicht. Aber wie viele andere hatte er auf dem Gewissen, wie viele Töchter anderer Männer? Das hier war seine Privattragödie, da konnte ihm niemand helfen. Wozu auch? Er hatte über sich selbst zu Gericht gesessen und erwartete weder Mitleid noch Rechtfertigung.

»Gut, mir geschah nur recht. Warum hatte ich den Job angenommen, damals vor fünfzehn Jahren? Aber sie mußte doch nicht sterben! Meine Francesca! Jemand anderer hatte sie getötet, ich war nur sein Arm, sein Messer. Und ich mußte wissen, wer es war, der mich geschickt hatte.«

Wieder veränderte sich sein Gesicht. Plötzlich war er der Killer, das gerissene Tier, das den Krieg überlebt hatte, das Gefangenenlager und fünfzehn Jahre Flucht. »Verstehen Sie? Ich wußte nicht, warum ich diesen Mark Leland umgebracht hatte, wer ihn tot haben wollte. Beide Male, bei Leland und Francesca, konnte Commissioner Zaremba mich auf Wunsch eines anderen beauftragt haben. So hörte es sich auch an, als er mir die Aufträge gab. Aber ich konnte nicht in der Gegend 'rumlaufen und die Wahrheit auf eigene Faust ausfindig machen. Darum engagierte ich Sie – und folgte Ihnen überall hin.«

»Einmal habe ich gemerkt, daß mir jemand nachging«, erinnerte ich mich laut. »Dann wurden Sie vorsichtiger. Sie folgten mir zu Zaremba. Ich hatte Ihnen mitgeteilt, warum Mark Leland getötet worden war, daß Zaremba selbst in der Sache mit drinsteckte, daß er Francesca kannte und wahrscheinlich derjenige war, der sie aus dem Weg haben wollte. Das übrige hörten Sie, als er mit mir sprach. Nachdem er mich mit dem Drink betäubt hatte, kamen Sie 'rein und brachten ihn um.«

Er lächelte. »Der Lump bettelte um sein Leben – der große Abram Zaremba! Er hätte nicht gewußt, winselte er, daß sie meine Tochter war. Man hätte ihm gesagt, sie könne mich identifizieren und wüßte, daß er, Zaremba, mich zu Leland geschickt hatte. Er hätte sich nur schützen wollen, sich und mich! Ich tötete ihn.«

»Mark Leland, Francesca, Abram Zaremba. Alles Ihr Werk. Aber warum brachten Sie Carl Gans um? War er derjenige, der . . .«

»Gans? Nein, den hab' ich nicht umgebracht. Er kannte mich und meinen Job, aber mit Francescas Tod hatte er nichts zu tun. Nicht Carl Gans. Aber ich bin sicher, es gibt noch jemanden, von dem der Auftrag stammte, Francesca zu töten. Richtig?«

»Ich weiß es nicht«, erwiderte ich. »Hören Sie, ich . . .«

»Noch einer, nur noch einer.« Er flüsterte jetzt fast. »Derjenige, der Zaremba sagte, Francesca könne mich identifizieren. Daß sie mich suchte und auch Zaremba ruinieren könnte, wegen der Sache mit Leland. Und der in Wirklichkeit ganz genau wußte, daß sie nur auf der Suche nach ihrem Vater war. Aber er sagte Zaremba bewußt eine falsche Version!«

»Andera«, unterbrach ich ihn, »oder Blackwind, wenn Sie jetzt . . .«

»John Andera. Ralph Blackwind starb vor fünfzehn Jahren beim Versuch, aus dem Zuchthaus auszubrechen. Oder vielleicht schon früher, als er den alten van Hoek lebensgefährlich verletzte. Oder in Korea. Oder noch früher, als der weiße Mann ihn zu seinen Soldaten holte und ihm den Namen nahm.«

»Hören Sie mir doch zu! Wir wissen nicht einmal sicher, daß . . .«

»Setzen Sie sich aufrecht hin, Fortune!«

Ich setzte mich so gerade ich konnte. Daß er mir nicht mehr zuhören würde, war klar. Aus seiner Tasche seines schwarzen Trikots, der Berufskleidung für sein finsteres Gewerbe, zog er eine dünne Schnur. Er fesselte mich gründlich und fachmännisch. Dabei redete er.

»Ich will Sie nicht auch noch umbringen. Nur noch einen, und dann ist Schluß. Man wird mich nicht finden, niemals. Und Felicia wird nichts über ihren Vater in den Zeitungen lesen müssen. Über das Leben, das ihr Vater führte.«

Er war fertig, trat einen Schritt zurück und steckte den Revolver ein. »Vielen Dank für Ihre Hilfe, Fortune.«

»Man wird mich dafür verantwortlich machen«, sagte ich. »Wie lange wollen Sie noch fliehen?«

»So lange es sein muß. Bin mein ganzes Leben gerannt, aber jetzt ist bald Schluß. Auf den Müll mit mir. Um mich muß niemand weinen.«

Ich hielt es für zwecklos, weiter mit ihm argumentieren zu wollen. Er knebelte mich und ging zur Tür. Rückwärts verließ er den Bungalow, behielt mich bis zum letzten Moment im Auge. Dann war er im Regen verschwunden wie ein Geist.

26

Als ich das Geräusch hörte, waren nur wenige Minuten vergangen. Jemand stand draußen.

Die Tür ging auf: Felicia Crawford. Jung, schlank, mit fragenden Augen kam sie herein und nahm mir den Knebel heraus.

»Schnell, binden Sie mich los! Vielleicht ist noch Zeit.«

Sie begann, die Knoten zu lösen. »Er ist mein Vater, nicht wahr?«

»Wo ist ›Zwei Bären‹?«

»Draußen in unserem Wagen. Ich wußte, daß dieser Mann mein Vater war. Ich habe Paul überredet, in der Nähe zu warten. Ich war mir sicher, er würde Ihnen nichts tun.«

»Das ist mehr, als ich von mir behaupten kann.« Ich rieb mir die Knöchel. »Gehen Sie weg, Felicia, irgendwohin.«

»Eben sagten Sie, vielleicht wäre noch Zeit. Zeit wofür?«

Sie hatte mir jetzt auch die Beine losgebunden, ich stand auf. »Zeit, um ihn an seinem nächsten Mord zu hindern. Er ist ein Killer, Felicia, hat viele Male gemordet, kaltblütig und gegen Bezahlung. Gut, das Leben hat ihm übel mitgespielt, sehr übel, aber er selbst hat ebenso versagt. Der alte Mann in Pine River hatte recht, Felicia. In Ihrem Vater lag eine Schwäche, die irgendwie dem entsprach, was ihm ohne seine Schuld widerfuhr. Und sein gerechter Zorn verwandelte sich in kalten Haß. Er lebt unter einem Fluch, Felicia. Versuchen Sie, ihn zu vergessen. Und sagen Sie mir schnell, wo Anthony Sasser wohnt!«

Sie sagte es mir, nicht sehr weit von dem Haus der Crawfords entfernt.

»Aber er ist mein Vater«, stellte sie fest. »Und ich will mit ihm reden, schon um Francescas willen. Für sie war es so wichtig.«

Ich konnte ihr die Wahrheit nicht sagen, nicht die ganze Wahrheit. Sie würde es ohnehin früh genug herausbekommen. »Nein, für Francesca war ein anderer Mann wichtig, der vor achtzehn Jahren gelebt hat. Gehen Sie nach Pine River, wenn Sie Ihren Vater finden wollen. Dort ist er wirklich.«

Paul ›Zwei Bären‹ sprach von der Tür. »Er hat recht. Dieser Mann ist nicht mein Onkel. Sogar seine Augen lügen.«

Sie stand unschlüssig da. Sollte sie auf uns hören? Oder war der Zwang stärker, unter dem auch Francesca gestanden hatte? Der Zwang, ihren richtigen Vater zu sehen und zu sprechen, wenigstens auf ein paar Worte.

Ich konnte nicht warten. Ich wußte nicht, was Andera alles gehört hatte, und so konnte ich nicht ganz sicher sein, wer sein letztes Opfer werden sollte.

Ich rannte zum Wagen.

Das Haus, in dem Anthony Sasser lebte, war kleiner als das der Crawfords. Es stand auch weiter von der Straße zurück – und lag in tiefem Dunkel da. Nirgends ein Licht, und auch der grüne Cadillac war nicht zu sehen. Weder er noch ein anderes Auto, in dem Katje Crawford gekommen sein konnte – oder Andera.

Ich fuhr weiter zur Villa der Crawfords. Das Mädchen ließ mich ein. Martin Crawford war im Wohnzimmer und sah aus, als hätte er in den letzten Stunden fünfzig Pfund an Gewicht verloren. Die alte Dame, Mrs. van Hoek, saß bei ihm und versuchte, sich in ihrem Stuhl unsichtbar zu machen. Ich zog meine Pistole und zielte auf Crawford.

»Geben Sie mir Ihre Waffe«, sagte ich. »Aber vorsichtig, am Lauf.«

Er gehorchte ohne Widerspruch. Ich steckte den Colt ein.

»Ist er hier?« fragte ich. »Sasser?«

»Nein. Er war weder zu Hause noch im Büro. Hab's auch in seinem Klub versucht, nicht zu finden. Katje ist auch noch nicht zurück. Ist Felicia . . .«

»Sie ist okay«, unterbrach ich und berichtete ihm schnell.

Er setzte sich. »Mein Gott! Ralph ... John Andera? Er brachte Francesca um, seine eigene ... Mein Gott!«

»Er ist seit Jahren hier in der Nähe gewesen, immer wieder, hat sich stets im Hintergrund gehalten. Aber er sagt, er hätte Sie gesehen, und Sie ihn auch. Haben Sie es nie gemerkt?«

»Nie hab' ich jemanden gesehen, der mich entfernt an Ralph Blackwind erinnert hätte, nein, nie! Für mich war er tot, ich kam nie auf die Idee ... Er beobachtete uns also? Und dann ...«

»Mrs. van Hoek«, wandte ich mich an die alte Dame, »Ihr Mann wußte, daß Blackwind lebte. Wußten Sie es auch?«

Sie schien noch weiter in sich zusammenzusinken. Ihre Augen hingen hilfesuchend an ihrem Schwiegersohn.

»Sag ihm, was er wissen will, Mutter.«

Ihre Augen verloren jeden Ausdruck. »Ich wußte es nicht. Emil hat Ralph Blackwind immer gern gehabt, sogar nachdem Ralph auf ihn geschossen hatte.«

»Ihr Mann hat Francesca irgend etwas mitgeteilt. Daß Blackwind lebte, schön, aber was noch?«

»Ich weiß es nicht.«

»Er wäre damals fast gestorben, Ihr Mann. Und er wußte, daß Blackwind am Leben war. Trotzdem hat er nie etwas gesagt. Er deckte einen entflohenen Mörder, der auf ihn geschossen und ihn schwer verletzt hatte, der außerdem Katje und die Kinder entführen wollte und sie beinahe umgebracht hätte. Warum schwieg Mr. van Hoek? Berichten Sie mir, was an jenem Abend vor achtzehn Jahren geschah.«

Die alte Frau schüttelte den Kopf. Sie hatte Angst.

»Sag's ihm, Mutter«, drängte Crawford.

Sie sprach wie ein Roboter: »Wir waren im Haus, dem alten Haus, als Ralph kam. Er hatte Waffen und war ganz außer sich vor Zorn und Haß, wild, durchgedreht. Katje wollte weglaufen. Ralph schoß wie verrückt in die Gegend, mit beiden Waffen. Er hatte eine Pistole und eine Maschinenpistole, in jeder Hand eine Waffe. Er traf den Wohnzimmerspiegel, die Lampe, die Fenster. Emil riß mich 'runter hinter eine Couch. Dort lagen wir beide, Emil und ich. Katje sagte, sie würde mit Ralph gehen. Sie nahm die Kinder. Ralph zwang uns, hinter der Couch zu bleiben, bis sie weg waren. Emil und ich, wir bewegten uns nicht. Sie gingen, und wir hörten sie wegfahren. Emil stand auf. Dann hörten wir, wie der Wagen stehenblieb, am Ende der Straße. Ralph kam zurückgerannt. Emil lief zur Tür. Ralph schoß durch das Türfenster auf ihn, durch die zertrümmerte Scheibe. Emil war sehr schwer verletzt. Wenige Minuten später fuhr das Auto weg. Nach zehn Minuten kam Martin nach Hause. Er kümmerte sich um Emil, rief den Doktor und die Polizei. Man hat Ralph in Utica ergriffen. Katje konnte die Polizei rufen, als er schlief.«

»Katje lieferte ihn der Polizei aus?« fragte ich.

»Was hätte sie tun können?« meinte Crawford. »Er war gemeingefährlich.«

Ich sah ihn scharf an. »So ist es also wirklich passiert, Crawford? Hat sie es richtig wiedergegeben?«

»Ich weiß es nicht. Ich kam erst zehn Minuten später an.«

»Wirklich? Oder vielleicht zehn Minuten früher?«

»Nein. Sie waren weg, als ich kam. Nur die van Hoeks waren da. Emil lag blutend auf dem Boden.«

»So gut wie tot«, ergänzte ich. »Und trotzdem, als er später erfuhr, daß Blackwind am Leben war, sagte er niemandem etwas davon. Warum? Warum deckte er einen Mann, der ihn fast umgebracht hätte?«

Crawford schüttelte den Kopf. »Ich weiß es nicht, Fortune.«

»Und Sie sind sicher, daß Sie nicht schon früher kamen? Was haben die Ballistiker gesagt? Ich meine, über die Kugeln, die man aus Emil van Hoek holte?«

»Sie stammten aus Ralph Blackwinds Waffe. Eine Acht-Millimeter-Nambu, die er aus Nordkorea mitgebracht hatte. Ein seltenes Fabrikat hier in der Gegend. In ganz Dresden gab es davon bestimmt kein zweites.«

»Seine Pistole, also? Nicht die Maschinenpistole?«

»Nein.«

»Und vor Gericht? Haben Sie da genau dieselbe Geschichte erzählt? Emil und Mrs. van Hoek sagten dasselbe?«

»Sie waren gar nicht beim Prozeß, man hielt das nicht für notwendig. Emil lag zu schwer darnieder. Katje sagte aus, und Blackwind gab zu, er hätte durchgedreht und das ganze Haus zusammengeschossen. Die van Hoeks machten schriftliche Aussagen.«

»Schriftliche Aussagen?« Ich dachte einen Moment nach. »Wo können Sasser und Katje jetzt sein, Crawford? Denken Sie nach! Wo könnten sie stecken?«

»Das weiß ich nicht. Ich habe selbst darüber nachgedacht, aber . . .«

Doch die alte Mrs. van Hoek wußte mehr. »Sie trifft sich mit Sasser immer in dem Blockhaus am Black Mountain Lake. In Abram Zarembas Blockhaus.«

Crawford wollte etwas sagen, aber ich lief schon hinaus zum Wagen und fuhr los. Der Regen hatte aufgehört. Black Mountain Lake, der See und das Millionenprojekt, das die ganze Tragödie in Gang gesetzt hatte. Das – und Joel Penders alkoholisierte Geschwätzigkeit. Aber im Grunde hatte alles viel früher begonnen: nämlich als ein junger Soldat indianischer Abstammung eine reiche Patriziertochter heiratete, ein Mädchen, das einen leidenschaftlichen Augenblick lang Geld und Gut und ihre ganze Zukunft vergaß.

Der See schimmerte dunkel, aber im Blockhaus, am Ende der mit städtischen Mitteln gebauten Privatstraße, brannte Licht. Ich konnte drei Wagen ausmachen, darunter Sassers grünen Cadillac. Ich zog die Pistole und schlich mich an eines der Fenster. Ich wußte, wem das dritte Auto gehörte. Vielleicht kam ich nicht zu spät.

Aber ich war zu spät gekommen.

Durch das Fenster sah ich in einen großen, rustikal eingerichteten Raum. An der gegenüberliegenden Wand stand Katje Crawford im roten Hosenanzug. Die Handtasche hielt sie mit beiden Händen wie einen Schild vor sich. John Andera stand drei bis vier Meter von ihr entfernt, den Revolver in der Hand. Sie schienen nicht miteinander zu reden. Sie sahen sich nur an, mit toten, ausdruckslosen Gesichtern. Zwischen ihnen lagen achtzehn Jahre und der Tod ihrer Tochter.

Aber da lag noch etwas zwischen ihnen, etwas Faßbares: die Leiche Anthony Sassers.

Sasser lag auf dem Rücken in einer großen Blutlache, die Augen starrten an die Zimmerdecke. Er war tot. John Andera wußte, wie man tötete, er traf nicht daneben.

Ich schlich mich zur Vordertür. Sie stand offen, und ich ging auf Zehenspitzen hinein. John Andera hörte mich, als ich bis auf ein paar Meter an ihn herangekommen war und links hinter ihm stand.

»Ich habe eine Waffe, Andera.«

Ich hoffte inständig, daß meine Stimme fest genug klang. Ich konnte mir nicht den geringsten Fehler leisten. Bewegte er sich, mußte ich schießen. Gab ich ihm die kleinste Chance, war ich so gut wie tot.

Er sah mich an.

27

Sein Blick wanderte zu mir und dann wieder zu Katje. Gleichgültig warf er den Revolver auf den Boden. Er war innerlich tot, zu abgestorben, um noch einmal den Kampf zu versuchen, noch einmal die Welt herauszufordern. Ich spürte, wie sich meine Bauchmuskeln entkrampften. Schweiß lief mir den Rücken herunter. Sogar mit dem Revolver im Anschlag war ich mir nicht sicher gewesen, ob ich ihn in Schach halten konnte.

»Schießen Sie!« rief Katje Crawford. »Er ist ein Mörder, ein zehnfacher Mörder und mehr! Warten Sie nicht, schießen Sie!«

»Ich werde ihn der Polizei übergeben.«

»Er wird Sie überlisten. Tony hat er kaltblütig abgeknallt.«

Jetzt sprach Andera zum erstenmal. »Sasser hat alles zugegeben, Fortune. Er hatte Angst und redete. Er war es, der Zaremba einredete, Francesca hätte mein Gesicht gesehen, als ich Leland umbrachte. Und daß sie mit der Polizei zusammenarbeitete, daß sie gewußt hätte, warum Leland aus dem Weg geräumt worden war. Nämlich damit das Projekt am Black Mountain Lake nicht platzte. Er hat Zaremba dazu bewogen, mich loszuschicken, damit ich Fran umbrachte.«

Sein Blick heftete sich wieder auf Katje Crawford. Sie stand immer noch stocksteif an der Wand, in den Augen Angst und Haß.

»Ich wußte nicht, daß es Francesca war«, sagte Andera zu ihr. »Ich hab' sie nicht erkannt. Und ich hab' alle umgebracht, die dafür verantwortlich waren.«

Katje Crawford öffnete ihre Handtasche und kramte eine Zigarette hervor; ihre Hände zitterten so, daß sie sich kaum Feuer geben konnte. Sie schien von Anderas Blick hypnotisiert.

»Hat Sasser Ihnen auch noch gesagt, warum er das alles tat, Andera?« fragte ich.

»Was?«

»Warum er Zaremba sagte, daß Francesca eine Gefahr sei? Alles Lüge, nichts als Lüge. Francesca hat Ihr Gesicht überhaupt nicht gesehen, als Sie Leland umbrachten. Das Mädchen hätte Sie nie identifizieren können. Sie verschwieg nichts, hatte keinerlei Belastungsmaterial gegen Sie oder Zaremba. Sie wollte nur ihren eigentlichen Vater suchen, sonst nichts. Welchen Grund also hatte Sasser, Zaremba Lügen aufzutischen und dadurch Francescas Tod zu verursachen?«

Es war so still in dem Blockhaus geworden, daß ich von weitem den

Verkehr auf der Überlandstraße hören konnte. Und das langsame Tropfen von den Bäumen draußen.

»Er muß seine Gründe gehabt haben, Fortune«, erwiderte Andera schließlich. »Jedenfalls hat er es getan, das hat er mir gesagt.«

»Stimmt«, bestätigte ich. »Die Frage ist nur, warum?«

Katje Crawford sprach. »Er war sicher, daß Francesca zuviel wußte. Das hat er mir gesagt.«

Die Zigarette zitterte zwischen ihren Fingern, als sie einen tiefen Zug tat.

Ich sagte zu Andera: »Ich teilte Katje mit, daß Sasser in New York bei Francesca gewesen war. Das haben Sie heute abend gehört, nicht wahr? Sie standen draußen, vor dem Haus der Crawfords, und lauschten. Ich berichtete Katje von der Sache in New York, mit Sasser und Francesca, und sie rannte sofort zu Sasser. Warum? Die beiden hatten ein Verhältnis, Andera. Katje warf Crawford über Bord, genau wie damals Sie, vor mehr als zwanzig Jahren. Aber sie kam nicht nur her, um Sasser zu warnen.«

»Hören Sie auf, Fortune!« rief Katje Crawford.

Aber ich ließ mich nicht beirren. »Francesca war nur auf der Suche nach ihrem richtigen Vater, mehr nicht. Der Rest waren alles Lügen, Vorwände, erfunden von Sasser – und von Katje.«

Ich drehte mich zu ihr um. »Wer hat Sasser dazu gebracht, Zaremba diese Lügen aufzutischen und damit für Francescas Tod zu sorgen? Sie waren es, Sie, Katje Crawford.«

Sie schüttelte energisch den Kopf. »Das ist doch völliger Blödsinn! Fran war meine Tochter. Nichts als Unsinn!«

»Ihr Tochter? Ja, aber Sie standen ihr nie nahe, haben sie immer gehaßt. Beide Zwillinge haben Sie gehaßt, weil die Kinder ein Stück von Blackwind waren. Aber vor allem haßten Sie Francesca, denn sie war ihrem Vater am ähnlichsten, und Fran spürte Ihren Haß und Ihre Angst. Von klein auf spürte Francesca das: eine Mauer von Haß und Angst, weil Sie, Katje, immer in der Furcht lebten, Blackwind könnte eines Tages wiederkommen. Denn Sie haben nie daran geglaubt, daß er damals beim Ausbruch aus dem Zuchthaus ertrank. Vor dem Tod, Katje, davor hatten Sie in Wirklichkeit Angst. Davor, daß Blackwind Sie umbringen würde, wenn er die Wahrheit erfuhr.«

Katje sagte nichts. Sie rauchte und sog den Raum tief in die Lungen. John Andera sah sie unverwandt an. Ich trat näher.

»Nachdem Francesca von zu Hause weggelaufen war«, fuhr ich

fort, »bekam Katje heraus, was der alte van Hoek seiner Enkelin gesagt hatte. Wir werden nie erfahren, ob Katje auch den alten van Hoek umgebracht hat, oder ob er einfach starb, weil der Streß zuviel für ihn wurde. Wahrscheinlich beides. Aber wie auch immer, Katje steckte die Angst in den Knochen. Was würde geschehen, wenn Francesca ihren wirklichen Vater ausfindig machte und ihm sagte, was sie vom alten van Hoek erfahren hatte?

Verstehen Sie, Katje hatte Sie sehr wohl erkannt. Damals, als Sie zu Sasser kamen, der Ihnen den Auftrag gab, Leland zu ermorden. Ich weiß nicht, woran, aber sie hat Sie erkannt. Dann machte sich Francesca auf die Suche nach Ihnen, und Katje mußte sie irgendwie aufhalten. Sie schickte Sasser aus, und der fand Francesca. Dann brachte sie Sasser dazu, sich an Zaremba zu wenden und ihm einzutrichtern, daß Francesca eine Gefahr bedeute und mundtot gemacht werden müßte. Aber weder Katje noch Sasser hatten mit einem gerechnet: daß Zaremba nämlich Sie, Andera, mit der Ermordung Ihrer eigenen Tochter beauftragen würde. Zufall? Schicksal? Nennen Sie's, wie Sie wollen.

Dann tauchte ich auf. Die beiden mußten herausbringen, in wessen Auftrag ich handelte. Sasser beschattete mich deshalb, und da sah er Sie an jenem Morgen vor meinem Büro. Er wußte, wer und was Sie waren, und was sich ereignet hatte. Und er wußte, daß Sie erfahren wollten, wer Sie zu dem Mord gebracht hatte. Also versuchte er, Sie abzuknallen, traf aber mich. Dann brachten Sie Zaremba um, und die anderen gerieten in Panik. Sie konnte nicht riskieren, daß ich alles herausbekam, also erledigte Katje den Rausschmeißer Carl Gans. Der hätte mich nämlich auf die richtige Spur führen können. Und das tat er auch, denn er lebte ein paar Minuten länger, als Katje vorgesehen hatte.«

Schweigen. Schließlich fragte Andera: »Was war es denn? Was hätte Francesca mir sagen können?«

Ich sah Katje an. Schließlich war es ihre Story. Aber sie sagte kein Wort, drückte scheinbar unbeteiligt ihre Zigarette aus. Andera stand jetzt ganz nahe bei mir. Das falsche Blau seiner Augen starrte mir ins Gesicht.

Ich zuckte die Schultern. »Was Francesca Ihnen hätte sagen können? Daß Emil van Hoek damals vor achtzehn Jahren gar nicht durch Ihre Kugel verletzt wurde. Der einzige Teil der Anklage, der nicht fallengelassen wurde, ging gar nicht auf Ihre Kosten, Andera. Mordversuch an Emil van Hoek: Das brachte Sie ins Zuchthaus, ruinierte Ihr Leben. Aber Sie haben die Tat nie begangen. Sie schossen wild in der Gegend herum, Emil van Hoek ließ sich hinter die Couch fallen. Danach haben Sie ihn gar nicht mehr gesehen, nicht wahr? Sie liefen mit Katje und den Kindern weg und fuhren los. Aber am Ende der Straße hielten Sie und . . .«

»Katje rannte zurück«, fiel Andera ein. »Sagte, sie müßte noch irgendeine Arznei für die Kinder holten. Sie rannte zum Haus zurück, und ich wartete im Wagen. Die Kinder weinten, der Motor lief, und ich . . .«

»Ja, genau, Sie waren abgelenkt, nahmen keine Schüsse wahr. Die Kinder schrien, und eine Nambu macht wenig Lärm. Katje hatte Ihre Pistole mitgenommen, in dem Durcheinander hatten Sie das gar nicht gemerkt. Sie, Andera, hatten die Waffen weggelegt, weil Sie fahren mußten. Später glaubten Sie, Sie hätten Emil van Hoek getroffen, als Sie wild in die Gegend schossen. Van Hoek selbst trat vor Gericht nicht auf. Aber er wußte genau, wer auf ihn geschossen hatte.«

Ich sah Katje Crawford an. »Was hätte Ihr Vater damals tun sollen? Seine eigene Tochter hatte auf ihn geschossen, ihn fast umgebracht. Aber konnte er sie ins Zuchthaus schicken, ihr Leben ruinieren – und das ihrer Kinder? Also schwieg er. Er hielt den Mund, und die Schuldgefühle ließen ihn nicht mehr los, all die langen Jahre nicht. Darum, aus Schuldgefühl, verschwieg er sein Wissen, nämlich daß Ralph Blackwind am Leben war. Und darum sagte er dann schließlich Francesca auch die Wahrheit. Er fühlte sich dem Tod nahe, und Francesca wußte über ihren richtigen Vater Bescheid; Joel Pender hatte den Mund nicht halten können. Und nun sprach auch Emil van Hoek, und darum ließen Sie, Katje, Francesca ermorden.«

Aus Katje Crawfords Augen sprach immer noch die Angst – Todesangst, aber auch Wut. Warum konnte die Welt nicht so sein, wie sie wollte? Die anderen hatten schuld an ihrer Misere, Ralph Blackwind war für alles verantwortlich. Er hatte damals nicht kapieren wollen, daß sie einen Fehler gemacht hatte, einen Fehler, den es zu korrigieren galt. Und Francesca – warum mußte sie ihre eigenen Wege gehen? Anders sein als andere Kinder, störrisch, ohne Verständnis für ihren, Katje Crawfords, Lebensinhalt?

»Du mußtest ja auch zurückkommen«, zischte sie Andera an. »Und mein Leben ruinieren! So verrückt warst du, daß du wirklich glaubtest, ich würde mit dir kommen, an dem Abend damals. Und so blöd, daß du nicht mal gemerkt hast, wie ich die Pistole nahm. Jawohl, ich habe auf meinen Vater geschossen. Und ich hoffte, daß er starb. Dann wärest du nämlich auf den elektrischen Stuhl gekommen! Na gut, er hat es überlebt, aber er hat auch den Mund gehalten. Prima. Aber dann mußte der alte Trottel alles ausplappern, als Francesca vor drei Monaten zu ihm kam. Er wollte, daß sie vor seinem Tod die Wahrheit erfuhr, wer wirklich ihr Vater war. Also sagte er ihr alles. Und ich wußte, daß du nicht tot warst. Schließlich hatte ich dich gesehen.«

Sie starrte ihn voller Wut an. Seine Schuld, daß er nicht tot war.

»Ich hab' dich nicht wiedererkannt, nein. Dafür hast du ja gesorgt, daß dich niemand wiedererkennt! Aber eines hast du vergessen. Du hast eine verrückte Angewohnheit, hast sie immer gehabt. Wenn du trinkst, riechst du immer am Glas, bevor du den ersten Schluck nimmst. Als du bei Tony Sasser warst, an dem Abend in seinem Haus, hast du das auch gemacht. Und ich ahnte etwas. Ich beobachtete dich, konnte es nicht glauben, aber dann wußte ich, das warst du.«

»Ja«, erwiderte Andera. »In Pine River riechen wir am Wasser, bevor wir trinken. Dort gibt es zu viele vergiftete Wasserlöcher. Ich hab' mir das nie abgewöhnen können.«

»Als ich das sah«, sagte Katje Crawford, »da wurde ich mißtrauisch. Die Kontaktlinsen, das gefärbte Haar, die dicken Schuhsohlen, sogar dein verändertes Gesicht kam mir plötzlich wieder bekannt vor. Du lebtest – und dann sagte mein Vater Francesca die Wahrheit, um sein Gewissen zu erleichtern. Sollte ich riskieren, daß Francesca dir alles weitererzählte? Und daß du dich dann an mir rächtest? Ein Berufskiller?«

Plötzlich bewegte sich Andera; ich hatte mich zu sehr ablenken lassen. Er machte einen Satz, und im nächsten Augenblick hatten sich seine Finger um meine Pistole geschlossen. Einen Augenblick kämpften wir um die Waffe, dann fiel sie zu Boden. Er sprang hin, wollte sie aufheben.

Wir beide sahen, wie aus Katje Crawfords Handtasche die kleine Pistole auftauchte: die .22er, der Zwilling der Waffe, mit der Felicia mich in Schach gehalten hatte. Die winzige Pistole, die Carl Gans das Leben gekostet hatte. Andera und ich standen einen Moment ohne jede Regung. Dann hatte er meine Pistole vergessen und ging auf Katje zu, die Hände nach ihrer Kehle ausgestreckt.

Sie drückte ab, viermal. Alle vier Kugeln trafen ihn in Brust und Magen. Er ging weiter. Sie schoß ein fünftes Mal. Er knickte in den

Knien ein, sank vornüber zu Boden, kaum einen Meter von ihr entfernt, die Hände immer noch nach ihr ausgestreckt.

Und nur dieser fünfte Schuß rettete mir das Leben. Sie drückte wieder ab, und das Geschoß traf mich in den Magen. Mein Körper krümmte sich zusammen, aber das winzige Projektil warf mich nicht zu Boden. Ich sank auf die Knie und langte nach meiner Pistole, die ganz nahe lag. Sie drückte abermals ab, doch das Magazin war leer. Anderas Revolver lag gut drei Meter entfernt. Sie konnte ihn nicht erreichen, bevor ich meine Pistole in der Hand gehabt hätte. Blitzschnell drehte sie sich um und rannte aus dem Blockhaus. Meine Finger schlossen sich um Stahl, ich schoß einmal, bevor sie verschwunden war. Die Kugel schlug irgendwo in die Decke.

Draußen heulte der Motor ihres Wagens auf, wurde mit der Entfernung leiser.

Ich kroch zu Andera. Er war auf den Rücken gerollt und atmete noch. Seine Augen waren offen, starrten nach oben, aber er sah die Decke nicht. Blickte er in den blauen Himmel von Arizona?

»Andera!« rief ich. »Blackwind!«

»Gefangen . . .«, flüsterte er. »Das Land . . .«

Ich schleppte mich zum Telefon, wählte die Nummer der Polizei. Als ich wieder zu ihm kroch, waren seine Augen geschlossen. ›Der in den schwarzen Wind geht‹ war tot.

28

Wochenlang lag ich im Krankenhaus. Das kleine Projektil hatte mich innerlich fast zerfetzt, und die Ärzte waren nicht sicher, ob ich es schaffen würde. Ich lag ganz still da, froh, noch atmen zu können. Am Leben zu bleiben war alles, was mich noch interessierte – gerade wie Katje Crawford.

Leutnant Oster war über die Angelegenheit gar nicht glücklich, ebensowenig Captain Gazzo in New York. Aber die Polizei muß sich an Fakten und Beweise halten, und in diesem Fall hatte nur meine Methode die Wahrheit ans Licht bringen können. In beiden Städten, New York und Dresden, konnten sie die Sache jetzt zu den Akten legen. Es hätte wenig Sinn gehabt, Harmon Dunstan noch vor Gericht zu bringen, oder George Tabor, den Sozius des ermordeten Mark Leland. Obwohl sie beide durch ihr Schweigen und ihre Lügen einen Teil der Schuld an dem blutigen Drama trugen.

Mein Mädchen, Marty, kam mich besuchen, aber sie hatte ihren Regisseur im Schlepptau, und so konnten wir uns nicht viel sagen. Am sechsten Tag kam Bürgermeister Crawford. Da fühlte ich mich schon besser. Ich wußte, ich würde noch eine Weile weiterleben. Crawford berichtete, daß sie Katje immer noch nicht gefaßt hatten. Er wirkte alt und traurig.

»Bis Los Angeles haben sie ihre Spur verfolgt«, sagte er. »Arme Katje, sie muß vor Angst außer sich gewesen sein. Ich weiß gar nicht, was ich den Kindern sagen soll, den jüngeren, meine ich.«

»Versuchen Sie's doch mal mit der Wahrheit«, riet ich. »Was wird denn jetzt aus dem Projekt am Black Mountain River? Ist das erledigt?«

»Natürlich nicht. Irgend jemand wird den Plan übernehmen, anstelle von Zaremba. Was geschehen ist, hat mit dem Projekt nichts zu tun, Fortune. Mich trifft keine Schuld an den Ereignissen.«

»Wenigstens hätten Sie Francesca die Wahrheit sagen können, schon vor langer Zeit. Sie hätten versuchen können, ihr ein Vater zu sein. Aber Sie schwiegen, und das macht Sie mitschuldig.«

»Das alles waren Katjes Ideen.«

»Aber Sie wollten Katje besitzen, also teilten Sie die Schuld mit ihr. Jetzt können Sie mal zur Abwechslung versuchen, ein richtiger Bürgermeister zu sein, für die Bevölkerung zu arbeiten, nicht für die Sassers und Zarembas. Auch das trug zu Francescas Tod bei, Crawford: Ihre Welt, dem Buchstaben nach legal, aber doch korrupt bis in den Kern.«

»Ich tue nichts Böses, Fortune. Jeder Mensch muß in seiner Welt existieren, mit ihr auskommen. Ich muß die Dinge nehmen, wie sie sind, muß das Menschenmögliche herausholen.«

Nein, er würde sich nicht ändern, das war klar. Selbstsucht bildete die Grundlage seiner Handlungen. Er würde wieder heiraten, eine Frau wie Katje, nur mit etwas Glück ohne Schönheitsfehler in der Vergangenheit. Und schließlich würde er auch Francesca vergessen, weil die Erinnerung viel zu unbequem war. Francesca? Ein dummes, törichtes Mädchen mit einem Kopf voll wirrer Ideen, die sie schließlich in den Tod trieben. Ihre eigene Schuld.

Gegen Ende meines Krankenhausaufenthalts ließ mich Leutnant Oster wissen, daß Katje Crawford in Panama City gestellt worden war. Sie hatte nicht klein beigegeben, sondern versucht, sich den Weg freizuschießen, bis zuletzt gekämpft um ihr Leben, ihre Welt. Die panamesische Polizei macht mit bewaffneten Flüchtigen kurzen Prozeß. Ihre Kugeln hatten Katje Crawford bis zur Unkenntlichkeit zerfetzt.

Alles erschien mir so sinnlos: Katjes Kampf für ihre Privilegien, Zarembas und Sassers brutales Streben nach Macht und Geld, Martin Crawfords Kompromisse mit seiner korrupten Umwelt. Ein verrückter Wettlauf, der im Nichts endete.

Am letzten Tag, als ich mich schon anzog, kamen Felicia und Paul ›Zwei Bären‹ zu Besuch. Die Polizei hatte sie über alles in Kenntnis gesetzt. Felicia war gefaßt und entspannt. Ihr Gesicht erinnerte mich in seiner Ruhe an das Francescas im Leichenschauhaus, wo die ganze Geschichte für mich begonnen hatte. Es gab mir einen Stich im gerade wieder zusammengeheilten Magen, als ich sie ihrer toten Schwester so ähnlich sah.

»Werden Sie das alles vergessen können?« fragte ich.

»Ich weiß nicht«, antwortete sie. »Wir gehen zurück nach Pine River. Dort will ich leben, schließlich bin ich zur Hälfte Indianerin. Ich will mit dem Stamm leben und arbeiten, für das Land.«

»Hat das alles einen Sinn?« warf ich ein.

»Wir gehen zu dem alten Mann«, sagte Paul ›Zwei Bären‹. »Wenn er stirbt, werden wir bei ihm sein.«

»Ich kann euch nur beneiden.«

»Ich habe jetzt eine Heimat«, resümierte Felicia. »Einen Vater nicht, aber einen Großvater, Onkel, Vettern, eine Zuflucht. Für mich und für Francesca. Ich weiß jetzt, wer wir sind, was wir sind. Das gilt für uns beide, Mr. Fortune.«

»Sie wäre bestimmt sehr froh gewesen«, sagte ich.

Bitte beachten Sie
die folgende Seite